쓰기의 쓸모

쓰기의 쓸모

초판 1쇄 발행 2022년 9월 1일

지은이 양지영
발행인 조상현
마케팅 조정빈
편집인 김주연
디자인 Design IF
펴낸곳 더디퍼런스

등록번호 제2018-000177호
주소 경기도 고양시 덕양구 큰골길 33-170 (오금동)
문의 02-712-7927
팩스 02-6974-1237
이메일 thedibooks@naver.com
홈페이지 www.thedifference.co.kr

ISBN 979-11-6125-365-7 (03800)

쓰기의

쓸모

가끔 어쩌면 자주
쓰기가 필요하니까요

양지녕 지음

더디퍼런스

프롤로그

쓰기로 인생의
방향을 찾다

"어떻게 하면 매번 기록하고 쓸 수 있어요?"
"뭔가를 쓰고 싶은데 종이를 보면 머리가 하얘져요."
쓰기 관련 책을 준비하고 있다 하니 사람들이 제게 종종 묻습니다. 저의 대답은 늘 하나예요.
"일단 무엇이든 쓰는 게 중요해요. 쓰기는 어려운 게 아닙니다. 잘 쓰려 하지 말고 하루에 단 몇 줄이라도 매일 써 보세요. 분명 자신의 길을 찾는 기적이 생길 거예요."

딱 죽지 않을 만큼 열심히 살았는데 퇴사 후 돌아보니 무엇 하나 남은 것이 없어 공허했어요. 나는 누구인가 싶고, 다시 열정을 쏟을 무언가가 필요했죠. 온라인 프로젝트, 블로그 쓰기, 혼자 놀기 등 많은 것을 시도했답니다. 책을 꾸준히 읽다 보니 그 속에서 말하는 공통적인 메시지가 있었어요. 자신을 잘 알려면 기록이 중요하고, 기록하는 삶은 결코 평범하지 않다는 거였죠. 가만히 생각해 보니 저는 어릴 때부터 늘 기록하고 쓰는 사람이었어요. 저는 무엇을 하든 쓰기라는 도구로 사는 사람이더라고요. 많은 사람이 저처럼 글을 쓰며 사는 줄 알았고, 그래서인지 제가 가진 쓰기의 힘을 미처 깨닫지 못했죠. 당시에는 글쓰기도 아니고 책 쓰기는 더더욱 아니었어요. 그저 쓰기를 통해 나를 찾고 싶었고, '양지영 = 쓰는 사람'이 되면 인생 2막에 열정을 쏟을 수 있겠다 정도였어요.

저는 쓰면서 많은 것을 얻고 이루었습니다. '열쇠 일기'와 '교환편지'로 사춘기를 무난하게 지나갈 수 있었고, 사회생활은 나의 생각을 글로 표현할 수 있어 업무가 수월했어요. 결혼 후 남편과의 갈등이 있을 때마다 편지로 위기를 극복했고, 아들에게 매일 쓰는 '필통 편지'로 워킹맘의 불안함을 해결했답니다. 퇴사 후 평범한 주부에 지나지 않았던 제가 글을 쓰고 배우며 '진짜 나'를 만나고 치유할 수 있었죠. 특히 지난 일 년, 매일 쓰다 보니 저를 지독히 괴롭히던 사십춘기에서 벗어났어요. 나를 찾기 위해 시작한 글쓰기였는데 '작가'라는 꿈을 찾는 기적도 생겼답니다. 단지 글만 썼을 뿐인데 인생을 가꿔 가는 저를 발견했어요.

글쓰기를 시작한 지 반 년 만에 《제주야, 우리랑

친구할래?》라는 책을 독립출판 했어요. 이후 누구나 저처럼 쓰면서 살기를 바라는 마음에 지금의 책을 쓰게 됐습니다. 이 책은 제가 어릴 때부터 지금까지 해 온 쓰기와 기록들, 글쓰기에 이어 책 쓰기까지 30년 동안의 여정을 고스란히 담았습니다.

　　1장은 끄적이며 살아온 이야기, 2장은 학창 시절 일기부터 지금까지의 다양한 기록들, 3장은 글쓰기를 배우며 인생 2막을 시작한 이야기, 4장은 작가를 꿈꾸게 된 책 쓰기에 대한 이야기를 담았습니다. 누군가는 쓰기를 하며 일상의 소소한 행복을 느끼면 좋겠고, 누군가는 꿈을 찾으며 삶이 풍성해지면 좋겠다는 바람입니다.

　　책에 소개한 모든 것을 저 역시 매일 하지도, 잘하지도 못합니다. 하지만 쓰다 보면 내 삶이 달라진다는 것 하나만은 자신 있게 말할 수 있어요. 저의 책이 곧 증명이죠. 제가 말하는 쓰기는 작가가 되기 위한 원대한 글쓰기가 아닙니다. 짧은 메모, 일상 속 끄적이기, 누군가에게 쓰는 편지, 오늘의 짧은 일기, SNS 등 소소한 모든 게 다 쓰기예요. 일상에 작은 쓰기들이 매일 쌓이다 보면 '내 인생 포트폴리오'가 완성된답니다. 누구나 쓸 수 있고, 그것을 통해 내가 원하는

꿈을 찾을 수 있습니다. 그저 쓰는 행위가 여러분을 어디로
이끌지는 아무도 몰라요.

    이 책의 내용 중 어느 하나라도 여러분의 마음을
움직여 생활 속 쓰기가 시작되면 좋겠습니다.
우리의 모든 쓰기는 쓸모가 있으니까요!

목차

chapter 1

끄적이다

기록하다

chapter 3

글을 쓰다

chapter 4

책을 쓰다

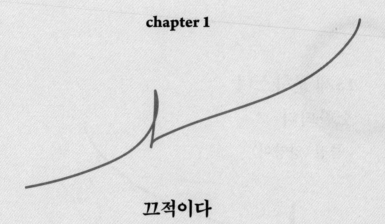

chapter 1

끄적이다

15세 문학소녀
소환되다

; 문집 〈양양이〉

얼마 전 집을 정리하다 우연히 중학교 2학년 축제 때 만들어 전시했던 문집 〈양양이〉를 발견했다. 버려지지 않고 살아남은 문집을 보니 얼마나 반갑던지. 그 자리에 앉아 한 장 한 장 넘기는데 '내가 이랬단 말이야?'라며 손발이 오글거리면서 적잖이 놀랐다. 잊고 있던 '15세 소녀 지영이'가 다시 살아난 듯했다. 문집을 읽는 내내 마음이 따뜻해졌다. 그 시절 겪었던 기쁨, 설렘, 고민, 아픔 등 내 모든 것이 아름답게 느껴졌다.

문집에서 만난 나는 왈가닥이면서 태평한 성격의 소유자로 건축설계사라는 원대한 꿈을 가지고 있었다. 또한 책 읽기와 편지 쓰기를 좋아하고 일기장을 목숨처럼 소중하게 여기는 소녀였다. 나는 평생 글쓰기와 무관한 사람인 줄 알았는데, 문집을 마주하고 보니 내 기억에는 약간의 오류가 있었다. 나는 누구보다 책을 좋아했고 문학적 감수성도 지녔고, 나의 마음에 솔직했다. 문집을 준비할 당시 국어 선생님이 지도해 주셨는데, 집에까지 가지고 와서 열심히 준비했던 기억이 난다. 처음부터 끝까지 직접 구상하고 한 페이지 한 페이지 쓰고 꾸미며 마음을 담아 채워 나갔다. 그 결과 상까지 받게 됐다. 문집에 일기, 편지, 수필, 독후감, 자작시, 추천 도서, 애송시뿐만 아니라 국어국문학과였던 고모의 격려사까지 내가 하고 싶은 건 다 넣었다. 문집을 읽으며 내가 편지 쓰기를 얼마나 좋아하는 소녀였는지 알게 되었다. 편지는 친구들뿐만 아니라 선생님, 교생선생님과도 많이 주고받았다. 심지어는 일기에 '랑뜨레니'와 '몽뜨레니'라는 가상의 인물을 두고 편지 형식으로 적고 있었다.

글 솜씨가 형편없던 수필도 있었다. '내 인생의 5분의 1'이라는 제목으로 태어날 때부터 15살 때까지 나의 주요 사건을 짤막하게 언급한 내용이었다. 5분의 1은 부모님 속을 썩였으니 앞으로 남은 생은 부모님을 기쁘게 해드리겠다는 야무진 다짐이 들어 있었다.

독후감은 《젊은 베르테르의 슬픔》을 읽고 난 느낌을 적었는데, 지금 보니 그저 웃음만 나온다. 나는 아마도 이때부터 연애에 대한 판타지가 생긴 듯하다.

베르테르는 한순간도 로테를 자신의 머리에서 지우지 않았다.

나도 이처럼 사랑을 할 수 있을까?

꼭 베르테르와 로테 같은 사랑을 나눌 것이다.

내가 성인이 되어 인생을 논할 때가 되었을 때...

문집을 보며 웃고 있는데 마침 아들이 학교에서 돌아왔다.

"아들, 오늘 엄마가 예전에 썼던 문집을 발견했는데 너무 재미있어."

"이거 엄마가 만드셨어요?"

"어. 중학교 2학년 때 만들어서 학교에서 전시도 했어. 조금 부끄럽긴한데 한번 읽어 볼래?"

아들은 엄마가 만든 문집이 신기한 듯 냉큼 받아들더니 꽤 진지하게 읽어 나갔다. 중간중간 아들이 궁금해 하는 건 설명도 해 주고, 함께 소리 내어 읽으며 웃기도 했다. 아들도 앉은 자리에서 문집을 다 읽고는 나를 보며 말했다.

"우와! 지금의 나보다 겨우 2살 많았던 엄마가 직접 다 만들었다는 게 대단해요. 엄마의 새로운 모습을 알게 됐어요."

"도윤아, 생각해 보니 이 문집이 엄마의 첫 책인 거 같아. 엄마가 직접 구성하고 글을 쓰고, 디자인하고. 너도 이런 경험을 한번 해 보면 좋겠다."

"하하 엄마 저는 사양할래요. 엄마 책 자주 꺼내 읽을게요."

문집에 쓰인 글도 형편없고 숨기고 싶은 이야기들도 있었지만, 아들이 엄마의 문집을 보고 엄지를 날려 주니 내심 보여 주길 잘했다는 생각이 들었다.

결과물의 완성도를 떠나 오랜 시간이 흐른 지금, 아들 책장에 꽂힌 문집은 '15살 내 삶'의 소중한 기록물이다. 이 글을 쓰는 내내 미소가 지어졌다. 어린 날의 풋풋하지만 나름 치열하게 살았던 그때의 내가 대견하면서도 예뻐서.

사춘기 시절
나를 살렸던 무엇

; 교환 편지

퇴사한 다음 해 아이들과 캐나다로 어학연수를 떠났다. 그동
안 오래도록 집에 묵혀 둔 짐들을 정리해야 했다. 그중에서
도 유독 마지막까지 버릴지 말지 결정하지 못한 게 있었다.
학창 시절 친구들과 주고받은 편지인데 박스만 해도 3~4개
였다. 자취 시절부터 20년이 넘도록 이사 다닐 때마다 살아
남은 나의 보물이었다. 짐 정리 마지막 날, 남편이 보관할 데
가 없다며 버리자고 나를 끈질기게 설득했다. 더 이상 물러
설 곳 없던 나는 이러지도 저러지도 못 한 채 마대자루에 편
지들을 쏟아 냈다. 사회생활 이후 처음 열어 본 편지들. 손에
잡히는 대로 읽는데 잊고 있던 옛 추억이 되살아나 한참을
움직이지 못한 채 서 있었다. 길게는 10년간 주고받은 친구
의 편지도 있었는데 양이 너무 많아 다 읽을 수도 없었다. 결
국은 박스별로 편지 한두 통씩만 남기고 마대자루 속으로 편
지와 함께 친구들과의 추억까지도 영원히 묻어야 했다. 지금
은 유난히 기억나는 친구 세 명의 편지를 한 통씩 소중히 간
직하고 있다.

내가 기억하는 첫 편지는 초등학교 때 같은 반이었던 서희와
중학교가 갈리면서 주고받은 편지다. 지금은 연락이 끊겼지
만 항상 내게 '잘한다. 최고!'라는 칭찬을 해 주던 서희의 편
지를 보고는 눈물이 핑 돌았다. 서희가 고2 때 보낸 편지를
읽으며 까맣게 잊고 지내던 초등학교 시절이 떠올랐다. 서희

부모님은 만화방을 하셨는데, 나는 그 친구네 집 VVIP 손님이 되어 모든 만화를 무제한으로 읽었다. 30년이 지났음에도 친구네 만화방에 들어설 때가 머릿속에 또렷이 그려졌다. 코끝을 건드리던 묵은 종이 냄새와 'ㄱ'자 벽을 따라 놓인 오렌지색 레자 소파. 우리는 겨우 초등학생 6학년이었지만 순정만화에 빠져 당대에 내놓으라 하는 만화가 이미라, 한승원, 원수연, 이은혜, 신일숙 등의 작품과 만화잡지를 섭렵했다. (작가 이름을 적는 것만으로도 설렘이 폭발하는 중이다.)

"서희야, 나도 오빠가 있으면 좋겠어. 넌 태준 오빠가 좋아? 승주 오빠가 좋아?"

"둘 다 내 취향 아니야. 난 휘경 오빠가 좋아."

오빠가 없던 우리는 《점프트리 A+》를 읽으며 멋짐 폭발 소년에게 얼마나 빠졌었던지. 서희네 만화방 덕분에 나는 중학생 시절 서태지와 아이들이 아닌 만화책 주인공 덕질을 했다. 편지를 읽으며 그 시절의 내가, 우리가 너무 그리웠다.

다른 한 친구는 중학교 내내 가장 친했던 정희다. 일요일과 방학을 제외하고 매일 만났음에도 편지를 매일 주고받았다. 하루 종일 이야기하는데도 무슨 할 말이 그렇게 많았던 걸까. 작은 글씨로 편지지 3~4장을 가득 채웠다. 토요일 수업을 일찍 마치면 학교 후문 문구사에 들러 예쁜 편지지를 고르는 일부터가 설렌다. 정희와의 편지에는 '이번에 받은 편

지지가 너무 예쁘더라'로 시작해 정말 별거 아닌 거에 전부
의미를 부여하며 깔깔거리고 서로에게 마음을 열었다. 정희
와 만나지 못하는 방학에는 우편함에 든 편지를 확인하는 게
큰 즐거움 중 하나였다. 우리는 흡사 빨강머리 앤과 다이애
나 같았다. 〈베르사유의 장미〉 만화 주인공 오스칼을 좋아하
던 친구였는데, 우리는 백과사전 두께의 만화책 3권을 서로
바꿔 읽으며 비운의 사랑에 가슴 아파했다. 둘이서 OST를
얼마나 불렀던지 글을 쓰는 지금도 흥얼거릴 수 있을 정도이다.

혼자 피어 있어도 외롭지 않은
세상 마냥 즐거움에 피는 꽃장미
나는 장미로 태어난 오스칼
정열과 화려함 속에서 살다 갈 거야.
장미 장미는 화사하게 피고
장미 장미는 순결하게 지네

오래 전 파리에 베르사유궁전에 갔을 때 정희 생각이 머릿속
에서 떠나질 않았다.

마지막은 고등학교 친구 서정이다. 서정이는 내게 친해지고
싶다며 먼저 편지를 보내왔다. 그녀는 이과생인데도 지금 생
각해 보면 문학이나 예술에 조예가 깊은 친구였다. 다른 친

구들과는 생각하는 법도 말하는 법도 달랐다. 간간이 그녀는 좋아하는 음악을 녹음해서 같이 듣자며 편지와 함께 보냈다. 그 친구와 편지를 주고받으며 내가 몰랐던 홍콩 영화나 팝에 대해 눈을 떴다. 가녀린 그녀만큼이나 글씨체가 참 예뻤던 서정이의 편지는 철학적이고도 사유의 깊이가 남달랐다. 고3 시절 수학과 과학 문제를 푸느라 머리가 복잡할 때, 서정이가 간간이 쓱 내미는 편지 덕에 머리가 말랑해지곤 했다. 비 오는 수요일이라며 빨간 장미 한 송이를 독서실 책상에 올려놓았던 그녀. 간혹 라디오에서 〈A Lover's Concerto〉가 흘러나올 때면 서정이가 떠오른다. 수능을 치르고 영화 〈접속〉을 함께 본 그날 밤, 내게 편지를 써서 보냈다.

숨 쉬지 않고서 살 수 없듯이
나에겐 네가 너무 필요해.
어두운 밤 검은 구름 아래서 마음만은 환한 내가

나의 학창 시절은 편지로 시작해 편지로 끝났다. 나는 편지를 왜 그렇게 좋아했던 걸까. 휴대전화가 없던 중학생 시절, 편지는 일상을 방해하지 않고 서로의 마음을 흠뻑 보여 주는 '찐 소통' 수단이었다. 친구들과 마음을 나눈 편지 덕분에 사춘기를 별 탈 없이 잘 넘겼던 것 같다. 시시콜콜한 이야기와 함께 모든 걱정거리와 고민들을 종이 위에 다 쏟아서이지 않을까. 좋아하는 친구를 떠올리며 쓴 편지를 고이 접어 봉투에 넣는 순간이 가장 설레고 좋았다. 우체통에 넣는 순간 '톡' 하고 떨어지는 소리, 친구는 내 편지를 받고 어떤 기분일까 상상하는 느낌, 편지를 보낸 후 답장을 기다리는 마음까지. 친구들과의 편지 쓰기는 대학생이 되어 휴대전화가 생긴 이후 자연스레 멈춰졌다. 마흔이 넘은 지금도 마음이 통하는 사람을 만나면 편지로 마음을 전하고 싶어진다. 내 몸이 기억하는 학창 시절 감성에 젖어 서희에게 부치지 못할 편지를 썼다.

"서희야, 우리 만화방에서 깔깔 대며 웃던 기억나지? 너무 보고 싶다. 꼭 만나자."

공대 언니의
아날로그 감성 로맨스

; 연애편지

남편과 나는 연애 8년, 안면을 튼 지 10년 만에 부부가 되었다. 연애를 시작하면서부터 나는 특별한 날이 아니어도 시시때때로 남자친구에게 편지를 썼다. 남편의 구애에 대한 나의 승낙도 편지로 이루어졌다. 내가 남편에게 건넨 첫 편지였던 셈인데 '나를 향한 선배의 미소가 늘 좋았고, 내가 바라는 우리 관계는 이러이러하고, 선배의 마음은 받아들이겠다. 앞으로 잘 지내보자.' 뭐 이런 식이었다. 다행히 내가 보낸 편지마다 답장을 써 주었는데 글씨체가 꽤 예뻤던 그의 편지는 연애 기간 내내 내게 큰 선물이었다.

나는 수학을 좋아하는 공대 언니였지만 감성적인데다 평소 연애에 대한 판타지까지 있었다. 공주 대접받는 완벽한 사랑을 꿈꾸다니! 그런 게 세상에 있기는 한 건가. 연애가 처음인 남자친구는 선물도 센스 꽝, 나를 위한 이벤트도 티 나게 어설펐다. 그런 남자친구가 마음에 들지 않아서 털털하고 발랄하게 인사 잘하던 후배는 자주 토라지고 까탈스러운 여친으로 바뀌었다. 연애하는 동안 '오빠, 편지 좀 써 줘. 이번에 편지 꼭 써야 해.'라며 남자친구를 졸라 댔다. 그럴 때면 못 이기는 척 편지를 써 주곤 했는데, 그간의 서운함은 눈 녹듯 사라지고 그저 싱글벙글 기분이 좋아졌다.

연애 시절 주고받은 편지 중 이제 십여 통만 남았다. 얼마 전 다시 읽어 보니 나는 참 어리석은 사람이었다. 우리는 연애 기간이 길었던 만큼 많이 좋아했고 많이 싸웠는데, 남친과 기 싸움을 하느라 별거 아닌 거에 토라지고 상대방을 아프게 했다. 나 자신을 속이지 말고 '나도 사랑해', '내 남자친구가 최고다' 왜 이런 말을 자주 하지 않은 건지. 남자친구가 내게 준 편지에 종종 쓰여 있던 '너에게 어울리는 사람이 될게'라는 말을 보니, 지금의 남편에게 미안하고 부끄러웠다. '열을 주고도 그 열이 모자라도록 만들어 버리는 남자'라는 남편의 말이 어리석은 내가 그렇게 만든 거 같아 가슴이 아렸다. 정말 사랑하고 살기에도 아까운 날들인데 연애 시절 서로가 힘들게 감정 낭비를 얼마나 해 댔던가 싶다. (그래서 결혼 후, 세상 누구보다 잔소리 없는 아내로 살고 있다.)

이 세상에서 제일 예쁘고, 귀엽고, 사랑스런 여인아. 500일 아니라 일평생을 그렇게 예쁘게 내 옆에 있어 주라. 평생 나는 너만 바라보는 '영바라기'가 되어 줄게. 행복하게 해 줄게. - 2002

오빠가 오늘 집에 오는데 골목에서 이불을 팔더라. 보자마자 지영이가 가장 먼저 떠올랐어. 그래서 머뭇머뭇하다가 그걸 샀어. 이불 참 귀엽지? 그거 잘 덮고 자. 오빠 생각하면서. - 2003

영아야. 많이 보고 싶겠지만 참고 견디면 돌아오는 그날, 웃으며 서로를 반길 수 있겠지. 내가 섭섭하게 했다면 가는 동안 그 하늘에 섭섭함을 날려 보내 주렴. 알지? 난 열을 주고도 그 열이 모자라도록 만들어 버리는 남자. 그래서 항상 부족한 사람. 사랑한다, 영아야. 많이많이. 잘 다녀와.

– 떠나기 전 날까지 널 아프게 만들어 가슴이 휑한 사람. 2007

연애 시절 편지를 읽으니 다시 그때로 돌아간 듯 가슴이 콩닥거리고 남편의 따뜻한 사랑이 진심으로 느껴졌다. 한 번씩 들춰 보는 이 편지들 덕에 남편과의 결혼 생활에 마찰이 생겨도 '맞다. 내 남편 누구보다 나를 아껴 주는 사람이지. 늘 진심으로 최선을 다해 살아가는 사람이지'라며 마음을 다잡는다. 이 편지들을 쓰지 않았더라면, 남겨 두지 않았더라면 우리의 기억에만 의존하는 디테일 없는 사랑이 전부일 텐데, 편지 덕분에 간직하고 싶은 나의 아름다운 시절을 다시 꺼낼 수 있었다.

후일 남편은 '말'이 있는데 왜 굳이 '글'로 써야 하는지, 편지 쓰는 게 자신에겐 어려운 일 중 하나였음을 고백했다. 그러거나 말거나 요즘도 기념일에 남편이 써 준 편지 한 통이면 선물 없이도 무사통과다. 내게는 편지만 한 선물이 없다. 앞으로도 계속 편지 써 달라고 해야지. :)

워킹맘의
비밀 메신저

; 필통 편지

아들의 초등학교 입학을 앞두고 고민이 많았다. 그간 들은 이야기로는 '워킹맘 아이'는 학교생활이 꽤나 힘들다는데 걱정이 앞섰다. 시작도 하기 전에 자신 없던 적은 없었는데, 학부모라는 문은 내게 꽤나 거대해 보였다. 아들의 입학식에는 갔지만 하교 때는 엄마가 아닌 태권도 사범님 손을 잡고 학원으로 향해야 했다.

"도윤 엄마, 도윤이가 교문에서 혼자 두리번거리는데 누구 안 나와요?"

"태권도 사범님이 데려갈 텐데 연락드려 볼게요. 전화해 주셔서 감사해요."

아들은 괜찮다고 했지만 나는 두고두고 그날 일이 마음에 걸렸다. 다른 집 엄마들은 아이 1학년 때 휴직도 하는데, 나는 회사 일주일 빠지면 큰일이라도 생기는 줄 알고 어린아이에게 모든 걸 감당케 했다.

아들은 하교할 때 엄마는 없지만 티 내지 않고 씩씩하게 학교를 다녔다. 나는 그런 아들이 짠해서 어떤 방법이든 힘을 실어 주고 싶었다. 그때 생각해 낸 게 '필통 편지'였다. 출근 전 작은 메모지에 편지를 써서 필통에 넣어 뒀다. 아침에 학교에 가면 가방에서 필통을 제일 먼저 꺼낼 텐데, 하루 일과를 시작하기 전 엄마의 편지를 보면 힘이 나지 않을까 하는 생각에서였다. 아들을 칭찬할 수 있는 아주 작은 거라도 찾아서 편지에 적었다. 내가 생각했던 것보다 아이는 훨씬 더

좋아하고 큰 힘이 된 듯하다. 이른 시간 출근하는 나는 못다
한 엄마의 역할을 편지로나마 대신한 셈이다.

> 세상에서 가장 고귀한 아들 도윤에게.
>
> 도윤이가 학교생활을 잘하고 있다는 선생님 말씀을 듣고 얼마나
> 대견하던지.
>
> 우유 팩도 잘 따고, 급식도 잘 먹고. 진짜 형님이네.
>
> 우리 윤이가 엄마 아들이어서 정말 행복한 거 알지?
>
> 오늘도 학교 재미있게 다녀와서 저녁에 엄마 만나자.
>
> 엄마는 늘 네 편이야.
>
> 너를 세상에서 가장 사랑하는 엄마가.

아이 3학년 때 학부모 상담 시간에 선생님이 말씀하셨다.

"어머니, 얼마 전 부모님 편지 가져오기 수업이 있었어요.
그때 도윤이가 엄마한테 매일 편지 받는다고 말해서 깜짝 놀
랐어요."

"일하는 엄마다 보니 짧게나마 아이에게 제 마음을 전하고
싶었어요."

"그때 도윤이에게 동의를 구하고 반 친구들에게 편지를 보
여 줬는데 도윤이가 엄청 뿌듯해 하더라고요."

엄마가 많은 시간을 함께하지는 못하지만 필통 편지가 하루

를 시작하는 아들에게 용기를 북돋아 주었다고 생각한다. 누구보다 엄마가 너를 믿고 지켜보고 있다고, 넌 잘할 수 있다고 전하고 싶었다. 또한 편지는 아들과 나만의 비밀 메신저여서 내용은 그 누구도 몰랐다. 비밀 공유는 아들 입장에서도 신나는 일이고, 나 역시 아들과 소통의 끈이 있다는 게 안심이 되었다. 필통 편지는 내가 워킹맘으로서 더 이상 흔들릴 필요 없겠다는 확신이 든 3학년 때까지 계속됐다. 지금도 가끔 사춘기 아들과의 소통이 부족하다 싶으면 필통에 쪽지를 남기곤 한다. 어느 날 아들의 책상 정리를 하다 내가 찢은 종이에 써 준 메모조차 버리지 않고 한편에 모아 둔 걸 봤다. 사춘기 아들에게 아직도 우리만의 비밀 메신저가 통하는 거 같아 내 마음에 파란 불이 켜졌다. 고작 하루 3분이란 시간을 내서 쓴 필통 편지는 아들과 나를 6년 동안 이어 준 든든한 마음의 끈이 됐다.

올해 둘째 아이가 초등학교에 입학하면서 필통 편지를 다시 시작했다. 새로운 환경을 낯설어 하는 딸에게도 용기를 북돋아 주고 싶었다. 딸은 아들과 달리 엄마의 편지를 받은 그날 바로 그림과 함께 답장을 해서 내게 몇 배의 감동을 주었다. 나의 필통 편지는 앞으로도 계속될 것 같다.

남편을 네모에서
동그라미로

; 부부 편지

최근 남편과 짧은 언쟁이 있었다. 우리 가족의 제주 거주 문제 때문이었다. 주말부부로 지내는 나는 사춘기와 초등학교 입학을 앞둔 아이 둘을 혼자 감당하기엔 에너지가 한계에 다다랐다. 아무리 천혜 환경 제주여도 가족보다 더 중요하지 않았다. 남편에게 어렵사리 이야기를 꺼냈는데 줄줄이 이어지는 남편의 '제주 예찬론'에 기가 막혔다. 남들은 못 지내서 안달인 제주에서 왜 서울로 오려 하냐고 나를 이해 못 하겠다는 표정은 더 가관이었다. 평소 형부라면 껌뻑 죽는 여동생이 옆에서 한마디 거들었다.

"형부, 나는 작년에 주말부부 하면서 이혼할 뻔했어요. 언니는 아무 소리 않고 몇 년째 살고 있어요. 언니 마음 좀 읽어요!"

남편은 "알았어. 올라가서 집 알아볼게."라며 급하게 결론을 내렸다. 나는 동생 내외가 함께 있는 자리라 말을 아꼈다. 그날 밤 쉬이 잠들지 못했다. 평소 나보다 그릇이 큰 사람이라 남편을 존경했는데 그날은 내가 봐 온 이래 가장 찌질했다. 돈 없는 거보다 더 싫어하는 '찌질함'.

다음 날 남편은 서울로 갔다. 나는 기운이 없고 입은 무거워졌다. 남편은 전화를 걸어와 내 이름만 부른 뒤 긴 한숨을 쉬었다. 나는 몇 날을 생각해도 남편의 얼토당토않은 이야기에 화가 가라앉지 않았다. 서울과 제주를 택하자고 이야기를 꺼낸 게 아니었는데 내 말의 본질은 살피지도 않은 채 선심 쓰 듯 서울행으로 결론 낸 남편. 그리고 결정의 책임은 내게 있 다는 뉘앙스. 이번 일은 그냥 넘길 수 없었다. 참지 못하고 남편에게 장문의 이메일을 썼다. 남편이 내게 했던 말과 순 간 느꼈던 내 심정, 현재 아이들과 지내면서 힘든 점, 내가 왜 이야기를 꺼냈는지, 하고 싶은 말을 조목조목 길게 써 내 려 갔다.

나는 이번에 우리의 거취 문제를 이야기하며, 당신의 진짜 속마 음은 대체 무얼까 내내 생각했어. 내가 제주에 있어야 하는 이유 를 듣고 있자니, 내가 서울로 가면 큰일이 날 거 같은 느낌을 계속 받았어. 서울에 올라오면 지금처럼 당신이 가족들에게 온전히 몰 입할 수 없다?! 이런 치사한 협박이 있을 수 있나.

…

서울에서 홀로 지내고 매주 제주를 오가는 당신은 더 힘들겠지. 하지만 제주 땅에서 혼자 모든 걸 짊어지고 있는 나의 수고로움 과 힘겨움을 기꺼이 인정해 주길 바라. 제주가 아무리 좋다 해도, 자연이 좋은 건 좋은 거고 내가 힘든 건 힘든 거야. 제주의 이름으 로 모든 걸 덮으려 하지 마.

…

나는 단편적으로 서울과 제주를 택하자는 게 아니고, 우리를 세 세히 살펴봐 주었으면 해. 그날의 대화 마무리가 "올라가서 집 알아볼게"라는 말로 끝났다는 게 허무해. 무엇이 본질인지도 모르고 결론 내 버린 당신. 그러다 내가 잘 버티면 또 쏙 들어가겠지.

내가 메일을 보내자마자 바로 답장이 왔다.

지금 바빠서 길게 이야기할 수 없지만, 지금 당장 '미안하다'라는 말은 하지 않으면 안 될 거 같아. 한 가지 확실하고 변함없는 건 나는 당신과 우리 애들을 사랑한다는 거. 늘 같이 있고 싶고 함께 하고 싶어. 당신이 생각하는 거보다 더하면 내가 더 할 거야. 그냥 모든 게 생각하는 대로 풀리지 않는 현실과 내가 가진 게 적어 힘들 뿐이야. 미안하다. 저녁에 다시 이야기하자.

남편은 그날의 자신이 너무 부끄러웠고, 나의 마음은 자꾸 외면한 채 엉뚱한 말로 횡설수설해서 미안하다며 사과했다. 이후 나눈 남편과의 대화에서 그간의 오해가 다 풀렸다. 나는 제주에서 자연과 함께하며 내가 쓰고 싶은 글을 쓰며 사는데, 무작정 회사를 그만 둔 이후 가장의 어깨를 무겁게 한 건 아닌지 도리어 미안해졌다.

우리 부부는 연애를 8년이나 했지만 살아 보지 않고서야 모르는 차이가 존재했다. 사람과 사람의 다름을 인정하지 못하고 상대가 서로 바뀌길 원했다. 부부 간의 문제를 대화로 해결하면 가장 좋겠지만 우리는 서로의 의견을 주장하는 편이라 평행선을 달렸다. 해서는 안 될 말로 서로에게 상처를 줬다. 사랑만 하기에도 짧은 시간에 싸움을 하는 게 너무 싫었다. 싸우느라 감정 낭비, 다시 마음을 돌이키는데 또 감정 낭비. 한 번씩 싸울 때마다 이러려고 결혼했나 싶었다. 결혼 2년차 때 남편을 향한 잔소리와 싸움을 멈추기로 했다. 사람은 쉽게 바뀌지 않고 말해 봐야 싸움만 난다. 나의 에너지를 아끼고 싶은 마음도 컸다. 대신 남편에게 손 편지나 이메일을 쓰기 시작했다.

나는 말로는 할 말을 다 하지 못했기에 글로 남편에게 서운한 마음을 전했다. 편지를 쓰는 동안 격양된 감정도 차분해져 썼던 글을 다시 다듬어 보내곤 했다. 나도 참다 참다 보내는 편지이기에 남편은 편지를 받으면 대부분 이내 수긍하고 사과의 답장을 보내왔다. 때론 퇴근길에 몇 장의 손 편지를 내게 주곤 했다. 편지는 논리적으로 내 할 말을 다 하면서도 남편을 꼼짝 못 하게 하는 수단이 되었다. 당장 그날 저녁부터 남편의 행동이 달라졌다. 그리고 남편 또한 내가 고쳤으면 하는 점들을 사과 편지에 덧붙였다. 요즘도 나는 의견이 크게 부딪힐 거 같을 때는 말을 아낀다. 그러다 시간이 흐른 뒤 서로의 마음이 이성적일 때 편지를 써서 남편에게 건넨다. 편지로 인해 부부 간 대화의 물꼬가 부드럽게 터지면서 대화의 접근 방법도 달라진다. 나에게 부부 편지는 서로의 갈등을 해소하는 최고의 방법이다. 내가 요구하는 것을 남편이 알아듣고 큰소리 내지 않고 싸움에서 이기는, 남편을 살살 주물러 네모에서 동그라미로 바꾸는 나만의 방법이다.

마음이 전해지는
짧은 글

; 문자메시지

엄지혜 작가의 《태도의 말들》을 읽었다. 평소 사람을 대하며 태도와 사소한 것을 중요시하는 나와 어쩜 그리 비슷한지! 읽는 내내 공감했다. 저자는 "누군가를 추억할 때 떠오르는 건 실력이 아니고 태도의 말들이었다."라며 인간관계에 있어 '존중'을 가장 중요한 덕목으로 꼽는다고 했다. 저자가 한 소설가를 인터뷰한 사례를 담은 머리말을 읽으며 예전 일이 생각났다.

회사 다닐 때 중요한 정책을 결정하는 회의에 관련 전문가를 모셔야 했다. 참가 후보 중 한 분이 사전 일정으로 불참을 통보했다. 꼭 참석하길 바란 분이여서 회의를 며칠 앞두고 문자메시지를 다시 보냈다. 선생님의 고견을 꼭 듣고 싶다고 전하며 감사 인사도 덧붙였다. 메시지 내용이 정확히 기억나진 않지만 메모장에서 조사까지 몇 번을 고쳐 옮긴 뒤 최대한 공손하게 문자메시지를 보냈다.

선생님, 안녕하십니까?
oo회의 건으로 연락드린 양지영입니다.

혹시 사전 일정이 취소된다면
꼭 모셔서 고견을 듣고 싶습니다.
선생님께서 참석해 주신다면

금번 정책 실행에 큰 힘이 될 것입니다.

아름다운 오늘의 햇살만큼이나
기분 좋은 날 되시길 바랍니다.
감사합니다.

결국 그분은 참석했다. 회의가 끝난 후 다 함께 식사하는 자리에서 본인에게 전화하고 메시지 보낸 사람이 누군지 물었다. "안 오려다 메시지 보낸 사람의 마음이 예뻐 참석했어요. 요즘 이렇게 보내는 사람 잘 없는데 기분이 참 좋았습니다." 참석해 주셔서 감사하다고 고개를 가볍게 숙였지만 속으로는 날아갈 듯 기뻤다. 내가 최대한 그분을 존중하며 메시지를 보낸 행간의 진심이 통했구나 싶었다.

나는 중요한 만남이나 통화 후에는 문자메시지로 한 번 더 감사 인사와 함께 갈무리하는 편이다. 언변이 뛰어나지 않은 이유도 있다. 대화하며 행여 놓치거나 실수한 것들이 없나 곰곰이 생각한다. 문자 속 짧은 행간에서도 그 사람의 마음이 담겨 있다. 얼굴이 누군지 눈에 보이지는 않지만, 우리는 글 한 자, 문장 하나, 마침표 하나로도 상대방이 보인다. 특히 상대를 향한 마지막 인사에 나의 살뜰한 마음을 꼭 담는다. 어느 날 아들이 엄마는 왜 보이지도 않는데 문자할 때 매번 웃고 있냐고 물은 적이 있다. 내 마음이 전달되어야 하니까 나도 모르게 습관이 된 거 같다. 스마트폰 메신저 홍수 속에서 따뜻한 문자메시지 한 통의 힘을 믿는다.

누구나 끄적이고 싶은
본능이 있다

; 낙서

"꿈이 있든 없든간에 거지돼기 실으면 공부해"

도서관 책상 위 햇살 머무는 곳에 시선을 돌렸다. 홈으로 파인 낙서가 눈에 들어왔다. 틀린 맞춤법과 내용이 귀여워 나도 모르게 피식 웃고 말았다. 그러고 보니 책상 여기저기 깨알같이 쓰인 낙서들이 눈에 띄었다. '이번 수능 대박 쳐서 의대 가자', '흔들리지 말자. 끝까지' 등등. 나도 중학교 때 도서관 열람실 책상 구석에 아주 작은 글씨로 꿈을 적곤 했다.

회사 다닐 때 내 책상 위에는 하얀 메모지가 늘 놓여 있었다. 그냥 버려지는 A4 이면지가 아까워 반으로 잘라 집게로 묶어 만들었다. 통화할 때면 하얀 메모지에 항상 무언가를 적었다. 무의식적으로 상대방 대화를 받아 적거나 선을 아무렇게나 그어 대거나 그림을 그렸다. 나는 그때의 버릇으로 지금도 통화할 때면 펜과 이면지부터 집어 든다. 회의할 때, 새로운 업무를 구상하거나 머리가 복잡할 때도 그곳에 아무 말이나 적어 댔다. 하얀 메모지는 나의 낙서장이자 놀이터였다. 메모장은 나의 업무 필수템이 되어 날이 갈수록 귀히 여겨졌다. 다 써 가는 메모장을 보면 빽빽이 노트를 가득 채운 듯 뿌듯해하며 손으로 휘리릭 넘겼다. 대충 이면지 잘라 만들던 처음과 달리 자로 정확히 재단하듯 잘라 메모지로 만들었다. 어떤 메모지도 나의 투박한 이면지를 따라오지 못했다. 예전부터 이상하리만큼 하얀 종이를 보면 무엇이라도 끄적이고 싶었다. 그러다 보면 생각이 꼬리에 꼬리를 물고 나아갈 때가 종종 있다. 빌 게이츠도 다보스 세계경제포럼 토론장에서 글자, 도형 등 지저분하게 낙서를 한 사실이 언론을 통해 알려졌다.

우리 집 둘째 아이도 펜을 쥐고부터는 집 안 구석구석 낙서를 하고 다녔다. 벽, 소파 뒤, 싱크대 문 안쪽, 책장 옆 등 보이지 않는 곳에 알 수 없는 꼬부랑 글씨를 한가득 그려 놓았다. 혼을 낼까 하다 귀여운 낙서에 피식 웃고 말았다. 아이들의 상상력과 창의력에 도움이 된다 하니, 마음껏 낙서하라고 전지를 벽에 붙여 줬다. 아이들처럼 우리가 할 수 있는 가장 부담 없는 쓰기도 낙서 아닐까. 지금은 찾아보기 힘들지만 동네 담벼락, 공중 화장실, 교실 벽, 책상에서도 낙서를 만났다. 우리는 그곳에서 명언도 심심치 않게 발견했다. 이런 공간을 만나면 누구라도 한 줄 정도는 쓰고 싶어진다. 책상 위한 켠 자신만의 펜과 메모지를 마련하자. 혼자 아무 생각 없이 끄적끄적 하는 것 같지만 우리의 무의식을 자극하기도, 때론 우리의 마음을 보듬기도 한다. 언젠가 뉴스에서 낙서는 더 잘 집중하고 이해하려는 무의식적인 노력이라고 했다. 이유 있는 행위인 셈이다.

부치지 못한 편지

; 쏟아 내기

엄마의 전화를 받았다. 엄마는 다 지난 일이라며 꺼낸 이야 기였지만 나는 전화를 끊고 숨이 쉬어지지 않았다. 통화하는 내내 피가 거꾸로 솟는 듯했다. 가족들은 왜 엄마를 만만하게 보고 함부로 대하는 걸까? 없는 집 맏며느리로 시집 와 평생 고생하고 인내하며 착하게만 산 우리 엄마였다. 엄마가 겪었을 고통과 힘겨움을 생각하니 아무것도 눈에 들어오지 않았다. 밥을 먹을 수도 잠을 잘 수도 없었다. 자다가도 벌떡 일어났다. 입이 있어 말은 하고, 눈이 있어 보기는 하고, 귀가 있으니 듣기는 했다. 아무 일 없는 듯 나의 일상을 살아냈지만, 내 영혼은 먼 곳에 있는 듯 마음을 다잡을 수 없었다. 나는 내가 아닌 듯 24시간을 근근이 살아 냈다. 내가 나를 곧 삼킬 것만 같았다.

사십 평생 처음으로 누군가를 향한 원망이 깊어 갔다. 엄마의 분신이 내 육체에 들어온 듯 가슴이 막히고 수시로 몸 전체가 뜨끈뜨끈 달아올랐다. 엄마도 엄마지만 내가 그간 상대를 향해 가지고 있던 감정들로 인해 원망이 배가 되었다. 당장이라도 엄마를 힘들게 한 사람에게 말로 퍼부어야 하지만, 내겐 그런 용기가 없었다. 말로 날을 세우는 순간 영원히 보지 않을 거 같았다. 일주일을 고민하다 편지를 쓰기로 결심했다. 내 안에 있는 모든 것을 토하듯 쏟아 냈다. 어떤 생채기들이 덩어리가 되어 나오는지도 모르고 날것이 되어 몇 시간을 쓰고 또 썼다. 편지를 썼다고 마음도 곧 괜찮아진 건 아니었다. 그러고도 꼬박 석 달을 앓았다.

지금 생각해 보면 그렇게 심각한 일도 아닌데 엄마의 마음이 내가 되어 더 고통스러웠다. 아마 그때의 일보다 내가 오랜 시간 상대를 향해 하지 못했던 말들에 더 화가 났는지도 모르겠다. 편지는 결국 보내지 못했다. 다만 쓰고 나서야 깨달은 게 있다. 상대를 향한 원망과 비난보다 불쌍하고 가여운 마음으로 편지를 쓰고 있었다. 나의 솔직한 마음은 원망 20%, 안타까움 80%였다. 이렇게 쓴 편지가 근본적인 해결책이 아님을 안다. 그래도 당시 그렇게 토해 내듯 나의 마음을 끄집어 낸 것만으로 확실히 숨은 쉬어졌다. 그날 이후로 견딜 수 없을 만큼 힘든 순간이 오면 내가 할 수 있는 방법 중의 하나로 부치지 못할 편지를 쓰곤 한다. 내가 매일 쓰며 사는 이유이다.

숨 쉬는 것도 어떻게 해야 할지 모르던 날들,
너무 아파 감히 흔적조차 남길 수 없던 날들,
내 몸과 정신이 따로 놀고 내 입과 가슴이 따로 놀았던 날들,
못 견딜 줄 알았던 길고 긴 날들을 이겨 냈다.
책, 글쓰기, 자연, 노래와 함께.

쓰기는
고민 해결사
; 생각 정리

머리가 복잡할 때면 운동화를 신고 무작정 해안 도로로 향한
다. 다행히 집에서 5분 거리에 바다가 있어 산책하기에 딱이
다. 하늘과 바다의 경계가 없는 풍광, 살랑거리며 마주치는
바닷바람, 넘실대는 파도 사이로 보이는 주황빛의 태왁(해녀
들이 채취한 해물을 담는 어구), 2~3분마다 오르내리는 비행기를
보며 설레기까지. 바다를 보며 걷다 보면 어느새 머릿속은
맑고 마음은 고요해진다. 제주에 오며 시작한 걷기는 나에게
아주 중요한 일상이다. 가슴을 뚫어 주는 데는 걷기만 한 게
없다. 어느새 잡생각은 사라지고 자연과 함께 걷고 있다는
감사한 마음으로 가득찬다.

그렇게 한차례 머리를 식히고 돌아와 책상에 앉는다. 노트를
펴고 지금 해결해야 할 문제들을 써 본다. 예를 들면 최근 나
는 아이들과의 제주살이 연장 문제로 오래도록 고민했다. 육
지로 가기로 결정해 놓고 다시 제주에 남기로 번복했다. 결
정하는 과정에서 '쓰기'는 생각 정리에 큰 도움이 되었다.
육지로 가는 A안과 제주에 남는 B안을 써 놓고 장점과 단점
을 아래에 차례로 써 나갔다. 중간 중간 생각나는 것도 일단
다 적었다. 어쨌든 종이 위에 나열해 놓으면 내가 가진 문제
를 한걸음 물러서 객관적으로 보게 된다. 이때 선택지마다
내 마음에 최대한 충실하게, 솔직하게 적는 게 중요하다. 그
러고선 하나씩 최선을 다해 따져 본다.

올해는 두 아이가 중1, 초1이 되는 시점이었기에 제주살이 연장 결정은 우리 가족에게 매우 중요한 문제였다. 연장으로 결정하면 아이들 교육 때문에 최소한 3년은 제주에서 더 지내야 했다. 이는 남편과 아빠와도 3년 더 떨어져 지내야 한다는 의미였다. 이렇게 중대한 고민은 하루 만에 결정하기보다 종이 위에 써 놓고 몇 날 며칠을 들여다본다. 그리고 내가 해당 문제에서 가장 중요하게 여기는 가치가 무엇인지 노트에 쓰며 나와 대화한다. 이번의 경우는 첫째에게 바라는 중학생으로서의 생활, 둘째의 초등학교 교육 환경과 적응에 가장 주안점을 뒀다. 내가 중요하게 생각하는 걸 기준으로 잡으니 제주살이 연장으로 마음이 기울었다.

나는 새로운 일을 주저하지 않는 편이어서 결심도, 행동도 빠르다. 대개는 내 마음에 충실하지 못했을 때 미련이 남았다. 일례로 오래 다닌 직장을 그만둘 때 이성적이기보다 감정적이었다. 회사를 그만둔 거에 후회는 없지만 결정 과정과 시기에 대해 아쉬움이 남는 건 사실이다. 하지만 최근에 한 큰 결정들은 만족한다. 퇴사 이후 아이들과의 캐나다행과 제주살이 결정, 제주살이 연장, 이사 등 중요한 시기마다 선택이라는 큰 고민이 있었다. 안정적으로 지내야 할 때 택한 나의 행보는 무모한 시도였는지 모른다. 하지만 당시 내 마음을 노트에 쓰면서 충분히 들여다봤기에 후회는 없다. 내 마음에 솔직한 선택이었다.

나는 평소 생각이 많은 터라 고민만 하면 끝이 없다. 해결할 때까지 계속 머릿속을 어지럽히기 때문에 다른 일도 잘 되지 않는다. 다른 사람에게 조언을 들었다 할지라도 최종 단계에서는 노트를 펼친다. 고민의 기간과 크기는 상관없다. 생각이 정리되어야 글로도 표현된다. 이젠 습관이 되다 보니 적는 행위만으로도 풀리는 경우가 있다. 물론 이런 결정 과정이 매번 최고의 결과를 주지는 않는다. 하지만 실수가 있다 할지라도 최선의 선택이기에 괜찮다. 생각 정리를 마치고 노트에 마침표 찍을 때의 기분은 말로 표현하기 힘들 정도로 홀가분하다.

활기차게 시작하는
나의 하루

; 긍정선언문

부자가 되고 싶어 재테크 공부를 시작했다. 40년 동안 어느 누구도 내게 돈 버는 방법을 알려 준 사람은 없었다. 유명하다는 사람들의 부동산 강의를 들었다. 부자들은 돈 버는 기술보다 마음을 더 중요하게 생각했다. 그들은 생각부터가 남달랐다. 지금처럼 열심히만 살아서는 되지 않았다. 부자 되는 법과 함께 돈에 대한 신념을 바꿔야 했다. 부자들은 자신에게 끊임없이 말을 걸었다. 재테크 관련 단체 카톡방 리더는 자신을 향해 매일 아침 긍정선언을 했다. '낮간지럽게 저런 걸 어떻게 하지? 저게 무얼 변화시킬까?' 속으로 반신반의했다. 다른 사람이 쓴 선언문을 입으로 소리 내어 읽어 봤다. 내게 최면을 거는 듯 어색했다. 하지만 내 마음 속에는 이왕 부자가 되기로 한 이상 시키는 대로 해야겠다는 마음이 더 커졌다.

나를 탄탄하게 지탱해 줄 문장을 하나씩 만들기 시작했다. 생각나는 대로 일단 써 보았다. 우리가 흔히 말하는 '나는 할 수 있다'가 아닌, 지금의 나를 조금 더 단단하게 해 줄 말들을 찾았다. 어떻게 보면 긍정선언문은 현재의 내가 부족한 부분을 여실히 드러내기도 한다. 내가 목표를 이루기 위해 필요한 말이 무엇일까? 매일 아침 쓰며 하나씩 늘리고 수정했다. 2주에 걸쳐 10개의 선언문을 완성했다. 긍정선언문이 완성되던 날, 내 마음은 긍정적인 에너지로 꽉 찼다. 고작 10

개의 문장이지만 나의 삶을 이끌어 갈 든든한 지원군이었다. 이 선언을 외우면 나는 무엇이든 두려울 게 없을 것 같았다. 당시 내가 만든 긍정선언문이다. 여러분도 꼭 한번 써 보길 권한다.

> 나는 나를 사랑한다.
>
> 나는 내 인생의 주인으로 살아간다.
>
> 나는 지혜롭고 현명한 삶을 살아간다.
>
> 나는 나를 통제할 수 있고 생각에서 자유로워질 수 있다.
>
> 나는 운이 좋고 항상 부자가 될 준비가 되어 있는 사람이다.
>
> 나는 성공할 수밖에 없고 부자가 될 수밖에 없다.
>
> 나는 두려움을 극복하고 내가 원하는 것을 끝까지 이룰 수 있다.
>
> 나는 긍정 에너지가 넘치며 주위에도 좋은 기운을 줄 수 있다.
>
> 나는 명품가정을 만들어 가는 사람이다.
>
> 나는 어제도 내일도 아닌 오늘을 사는 사람이다.
>
> "나는 이 모든 것을 실행하고 이룰 사람이다."

매일 아침 일어나자마자 차를 마시며 숙제하는 기분으로 썼다. 목표와 긍정선언문까지 매일 똑같은 내용에, 써야 하는 양까지 많아 지겨웠다. 하지만 내 몸이 나를 향한 주문을 받아들일 때까지, 모든 일이 그렇듯 습관이 될 때까지 우선순위를 두고 일정 시간을 투입하는 건 당연한 일이었다. 시간이 지날수록 한 자 한 자 쓸 때마다 마음에 진심이 담겼다. 매일 아침 쓰는 긍정선언문은 부자가 될 미래의 나에게 응원군 같았다. 목표가 먼 미래의 일처럼 느껴져도 아침에 나를 향한 긍정문 한 줄을 쓰고 나면 다 해 낼 거 같았다. 이건 비단 돈에 관한 것만은 아니었다. 내가 하는 모든 일에 자신감을 심어 주었다.

나의 마음을 단단하게 만들어 놓고 시작하는 날과 그렇지 않은 날은 태도부터 많이 달랐다. 긍정선언문이 습관이 된 지금, 매일 아침 선언문 전체를 읽고 그날 상황에 필요한 선언 한두 가지를 노트에 적는다.
"나는 두려움을 극복하고 내가 원하는 것을 끝까지 이룰 수 있다."
정말 웬만한 두려움도 눈 질끈 깜고 이겨 낼 수 있었다.
"나는 어제도 내일도 아닌 오늘을 사는 사람이다."
하루를 더욱 충실히 감사하며 지낼 수 있었다.

긍정의 기운으로 힘차게, 근사한 나의 하루를 위해 오늘도 주문을 걸어 본다.

쓸모 있는 글쓰기 Tip 1
자녀와 통(通)하는 '필통 편지*' 쓰기

필통 편지를 통해 아이에게 자신감과 안정감을 심어 줄 수 있었어요. 매일 3분이면 충분해요. 3분의 수고에 아이는 하루를 살아갈 힘을 얻는답니다.

올해 초등학교에 입학한 딸에게도 필통 편지를 시작했어요.

편지를 쓴 다음 날 딸이 제게 쪽지를 주었어요.

세상에 감동이에요! 아들에게는 2년 만에 첫 답장을 받았는데, 딸은 첫 편지에 바로 답장을 하더라고요.

어쨌든 엄마의 깜짝 편지를 발견한 딸은 기분이 엄청 좋았다고 하니 딸에게도 성공한 거죠?

어렵게 생각하지 말고 짧은 한 줄이라도 써 보아요.

엄마의 편지가 메신저 역할이 되려면 아이가 어릴 때부터 시작해 습관이 되는 게 중요하답니다. 그리고 'ㅇㅇ야'보다는 아이가 좋아하는 말을 써 주면 더 효과적이에요.

아들은 제가 평소에 자주 쓰던 '고귀하다'라는 단어를 참 좋아했어요. 그래서 편지의 첫 소절은 항상 '세상에서 가장 고귀한 도윤에게'로 시작했답니다.

그리고 자녀들의 부족한 부분을 채워 주기 위해 필통 편지를 활용하는 것도 추천합니다.

실제로 올해 초등학교에 입학한 딸은 수줍음이 많은데요. 용기를 심어 주기 위한 문구를 계속 적어서 필통에 넣어 줬답니다. 반 년이 지난 지금은 매번 먼저 손을 들고 발표한다고 해요.

참고할 만한 응원 글귀

· 아침에 스스로 일어나고 학교 갈 준비하는 모습, 너무 기특해.

· 엄마는 무조건 네 편. 오늘도 파이팅!

· 엄마는 오늘도 너를 응원한단다.

· 네가 세상에서 제일 멋져. 대단해!

· 사랑한다 우리 딸, 사랑한다 우리 아들.

· 오늘 하루도 힘차게 시작하렴.

· 엄마는 네가 학교에 가 있을 때도 늘 네 생각을 한단다.

· 딸! 오늘은 딱 눈꼽만큼만 용기 내 볼까?

＊ 엄마의 깜짝 편지

쓸모 있는 글쓰기 Tip 2
나를 단단하게 만들어 줄 '긍정선언문*' 만들기

저는 무엇이든 이룰 수 있는 사람이 되기 위해 '긍정선언문'을 만들었어요. 목표를 이루는 과정에서 고난과 흔들림은 늘 있기 마련이죠. 긍정선언문을 매일 쓰고 읽다 보면 나의 일상을 단단하게 만들어 준답니다. 나는 어떤 모습의 사람이 되고 싶은지 생각해 보면 조금 쉬울 거예요.

이를테면 내가 원하는 나의 모습을 적거나, 내가 약한 부분을 이겨 내기 위한 나만의 주문을 적으면 된답니다. 내 삶을 평생 지탱해 줄 주문이잖아요. 조금씩 천천히 완성해 보아요.

완성 후에 매일 아침 여러분에게 마법을 걸어 봅시다.

○○○을(를) 단단하게 만들어 줄 긍정선언문

1.

2.

3.

4.

5.

6.

7.

8.

9.

10.

나는 이 모든 것을 '실행하고 이룰 사람'이다.

* 매일 아침 마법의 주문

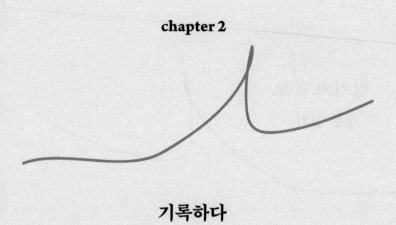

chapter 2

기록하다

일기의 쓸모

; 청춘 일기

카페에서 몇 시간째 20년도 전에 썼던 일기장을 읽고 있다. 내 인생 가장 혼란스러웠던 고3 시절부터 대학 졸업할 때까지의 기록들. 한 장씩 읽는데 지금보다 더 치밀하게 남긴 기록에 스스로 놀랐다. 하루도 빠지지 않고 깨알 같은 글씨로 별의별 것이 다 기록돼 있다. 5권을 다 읽고 나니 책 제목 《아프니까 청춘이다》가 떠올랐다. 고3 때를 제외하고는 그리 크게 힘들지 않은 삶이라 생각했는데 막상 읽어 보니 아니었다. 기억의 왜곡도 있었고, 나는 누구보다 더 치열한 고민으로 순간순간을 살았다.

고3 시절, 한 번씩 집안 분위기를 싸하게 만드는 불편한 아빠 때문에 집에도 들어가기 싫었고, 몸까지 아파 일주일에 몇 번씩 병원에 다녔다. 당연히 공부는 잘 되지 않았고 성적은 점점 떨어졌다. 수능 시험이 유난히 쉬웠던 해인데도 시험을 망쳤다. 아빠 때문에, 몸이 아파서, 유명 입시학원을 못 다녀서, 시험 하루 못 쳐서 대입에 실패한 줄 알았다. 그런데 나의 기억은 심하게 왜곡되어 있었다. 일기장에 적힌 고3 시절을 다시 살펴보니 그냥 내가 열심히 노력하지 않았다. 야간 자율학습을 몰래 빠지고 친구들과 시내 가서 딴짓도 하고, 아프다는 핑계로 쉬기도 했다. 최선을 다한 날보다 하지 않은 날이 더 많았다. 당시 공부가 잘 되지 않아 답답하고 암담했다. 그때마다 일기장에 쓰고 또 쓰며 홀로 위로했다.

수능 모의고사 성적이 갑자기 확 떨어졌다. 엄마가 나에게 "네 인생은 네가 책임지는 거야. 공부를 하고 안 하고는 너의 자유인데, 엄마는 네가 후회하는 모습은 보고 싶지 않다."라는 말씀을 하셨다. 내 인생인데, 잘 되고 싶은데 공부는 왜 이렇게 안 되는 건지 답답하기만 하다. 1997.6.

요즘 생활이 아무 계획도 없이 쳇바퀴 돌 듯 돌아만 간다. 지겹고 따분하고 아무 의미도 없다. 대학 들어온 목적이 그냥 노는 것만은 아니었는데. 분명 꿈도, 생각도, 희망도 있었는데. 요즘 날 보면 자꾸만 감싸 주고 싶어진다. 1998.8.

요즘은 공부하는 게 좋다. 미래를 이야기하며 꿈에 젖는 게 행복하다. 무엇보다 도서관에서 공부하며 삶의 냄새를 맡고 기운을 얻는다. 열심히 하는 사람들을 보면 나도 모르게 힘이 생기니까. 2000.12.

일기를 찬찬히 살피는 동안 쪼그라진 마음이 펴지지 않았다. 대학 시절 일기장을 보니 친구들과 매일 신나게 보낸 일들이 잔뜩 쓰여 있었지만 물음표 가득한 껍데기뿐인 날들이었다. 대입에 실패한 나는 한 치 앞이 보이지 않는다며 수렁에 빠져 홀로 고민에 고민을 이어가던 지난날들. 원하던 대학에 가지 못해서 대학도 다니는 둥 마는 둥 공부와는 담을 쌓았다. 부모님은 고되게 일해 비싼 등록금을 내주셨는데, 대학교 2학년까지 정신을 못 차렸다. 취업 준비를 핑계로 휴학을 하고는 매일 일기를 쓰며 나를 돌아보고 보듬는 시간을 가졌다. 해가 거듭될수록 그저 그런 하루를 보내던 나에서 벗어나 점차 성숙해지고 단단한 나로 돌아가고 있었다. 다시 학교로 돌아와 학과 공부에 매진하고 나의 꿈도 찾아 미래를 그려 나갔다. 당시 매일 일기를 쓰며 나의 미래를 두고 고민한 하루하루가 바탕이 되어 대학을 졸업할 때쯤엔 아주 단단해졌다. 나는 이후 사회생활을 하며 어떤 역경에도 흔들리지 않는 당찬 20대와 30대 시절을 보냈다.

오늘 나의 청춘 일기를 읽으며 깨달았다. 나의 삶은 힘들었던 때도, 행복한 지금도, 단 한 순간도 소중하지 않은 적이 없다는 것을. 기록은 그 시절로 돌아가 다시 살아볼 수 있고, 왜곡된 기억도 바로 잡아 주었다. 일기를 읽으며 아프기도 했지만 다시 못 돌아갈 그 순간에 머문 듯 행복했다. 매년 수능 시즌만 되면 아프고 힘겹던 마음도 이젠 내려놓았다. 이번을 계기로 나의 방황했던 시절을 보듬고 달래서 잘 보내 준 거 같아 마음이 아주 가볍다.

사십춘기를
견딘 힘

; 마흔 일기

아이들을 학교에 보낸 뒤 거실 탁자에 앉아 멍하게 보내는 시간이 늘었다. 입은 굳게 다문 채 아이들이 올 때까지 한 마디도 하지 않은 날도 많아졌다. 간혹 정신이 들 때면 거실 창 밖 하늘을 바라보며 비행기 이륙 소리를 듣곤 했다. 예전엔 이런 헛헛한 마음을 느낄 새도 없이 바쁘게 힘든 줄 모르고 지냈는데, 퇴사 이후 긴장의 끈이 풀린 건지 그간 꾹꾹 눌렀던 오만 가지 감정이 나를 헤집었다. 빨리 툴툴 털어 버리는 지난날과 달리 점점 입맛도 없어졌다. 구름 한 점 없이 푸른 날, 라면으로 끼니를 대충 때우고 TV를 켰다. 뉴스에서 광화문 광장의 세종대왕 동상이 영상으로 나왔다. 기분이 묘했다. '회사를 그만두지 않았다면 지금쯤 저기서 바쁘게 일하고 있을 텐데.' 멍하게 앉아 TV 리모컨이나 돌리는 나는 여기서 뭐 하고 있나 싶었다.

"엄마, 나 회사 그만두려고. 이번에는 좀 많이 힘들어. 언제든지 다른 직장을 구하면 되니까 쉽게."

"어머니, 저 회사 그만뒀어요. 애들 봐 줄 사람도 없고 제가 돌보려고요."

두 명의 엄마는 나의 일방적이고도 담담한 통보에 아무 말도 하지 않으셨다. 엄마는 금방 직장을 구하겠다던 큰딸이 캐나다를 가더니 별안간 제주로 가서 몇 년째 지내니 만날 때마다 한숨을 쉬었다. '남들은 못 들어가는 회사를 그만두고, 네가 제주에 왜 있는지 모르겠다.'는 수화기 너머로 들려오는

걱정 비슷한 책망이 싫어 어느새 엄마의 전화도 피하고 있었
다. 시어머니는 며느리가 어려우니 말은 아꼈지만 여전히 내
가 왜 회사를 그만뒀는지 모르겠다는 시선을 보냈다.

시간이 많아지니 자연스레 생각도 많아졌다. '나는 ㅇㅇㅇ하
는 사람'이라는 명함이 없어졌다. 한순간도 열심히 살지 않
은 적이 없는데 그간의 시간을 돌이켜 보니 나는 정작 보이
지 않았다. 나를 아는 모든 사람의 전화를 피하고 싶을 만큼
마음의 부침이 심했다. 난 학창 시절 사춘기가 없었던 것 같
은데 어른이 되어 겪는 사십춘기는 혹독했다. 자존심이 있
으니 겉으로는 아무렇지 않은 듯 생활했지만 속으로 혼자 곪
아 갔다. 나는 어디에도 없고 누구의 딸, 며느리, 아내, 엄마,
언니, 친구... 내게 씌워진 감투 아닌 감투가 나를 죄어 왔다.
시간이 많아지자 들어야 할 말도 많아졌다. 일상은 뒤죽박죽
이었고, 해결할 지혜가 없다는 게 가장 괴로웠다. 그간 밤낮
으로 일하고 아이들 돌보느라 힘듦마저도 잊고 산 듯했다.
누구에게 힘들다 말해 본 적 없던 나는 처음으로 '힘들어'라
는 말이 하고 싶었다. 견디다 못해 남편에게 말했는데, 남편
은 씩씩하던 아내의 무너짐에 당황한 듯 애써 외면했다.
그때 잠시 잠재우고 있던 일기장이 생각났다. 늘 마음이 일
렁일 때면 일기를 썼는데 사람이 멍해지니 그것도 생각나지
않았다. 일기장을 펼치고 무엇을 쓰는지도 모르고 손이 가

는 대로 종이를 채웠다. 그러면 마음이 좀 나아졌다. 뭐라도 읽고 써야 살 거 같아 매일 썼다. 일기를 쓰면서 나를 일으켜 세우려 끊임없이 몸부림쳤다. 오랜 날이 지나자 마음도 점차 차올랐다. 중고등학교 시절 밤마다 일기를 쓰고 일기장에 미니 열쇠를 채우던 게 생각났다.

요즘 뭔가 운이 계속 좋아짐을 느낀다. 카오스의 혼돈 속에서도 가르침을 느끼고 깨달음을 얻고 있다. 나를 돌보는 일에도, 가정을 바로 세우는 일에도 시련을 줘서 그렇게 해야 할 이유를 찾게 해 주는 것 같다. 내가 그렇게 하고자 마음먹으니 길이 여기저기서 하나씩 열리고 있다. 2020.10.

나는 진짜 뭔가를 꼭 하고야 말 것 같다. 이런 기운을 느끼다니. 하루하루의 삶에 최선을 다하는 나에게 진심으로 감사하다. 허투루 보내지 않으려 애쓰는 내가 대견하고 고맙다. 가끔의 흔들림에도 아랑곳 않고, 부여잡고 나아감에 감사하다. 새벽을 여는 지금의 시간들이 언젠가는 빛을 발할 것이다. 2020.11.

일기를 30년쯤 쓰고 있다. 매일 꾸준히 쓸 수 있는 유전자는 못 되고 띄엄띄엄 30년이다. 일 년 전 SNS를 시작하며 나를 많이 드러내고 있지만, 여전히 내 마음 깊숙한 이야기는 일기장에서만 가능하다. 많은 자기계발서에서 일기 쓰기는 가장 효과적인 정신 조절 수단이며, 치유의 시간이라 말한다. 리더십 전문가 로빈 샤르마는 《변화의 시작 5AM 클럽》에서 일기 쓰기의 핵심은 그냥 쓰는 것이라 말했다.

"생각을 너무 많이 하지 마세요. (중략) 일기장을 마음속의 좌절과 실망, 적의를 처리할 공간으로 사용하고 그 감정들을 털어 버리세요. 억눌렀던 상처를 글로 적으면 해로운 감정들과 무기력이 배출되죠."

책에서 말하는 것처럼 어두운 감정에 나의 에너지를 빼앗기지 않기 위해 글로 적어 고통들을 떨쳐 냈다. 오히려 종이에 적고 나니 별일이 아니었다. 무언가를 쓰는 행위가 나를 치유했다.

가수 임재범이 가요 경연 프로그램 〈나는 가수다〉에서 불러 많은 관객들의 눈물을 훔쳤던 〈여러분〉의 가사가 떠오른다. "내가 외로울 때면 누가 나를 위로해 주지 // 바로 여러분"

나는 힘든 시기에 여러분이 아닌 '일기장'으로 위로받는다.

깨끗하게 보면
깨끗하게 잊힌다
; 메모 독서

"그 책 내용이 뭐야? 주인공은 누군데? 말해 봐."

"어? 어. 어. ……"

고등학교 등굣길, 버스정류장에서 만난 친구와 외국 고전문학 이야기를 주고받았다. 친구가 묻는 책마다 내가 다 읽었다고 답하자, 친구는 믿기지 않는다는 표정으로 책 내용을 말해 보라 했다. 나는 눈만 굴릴 뿐 입은 얼음이 되었다. 우리는 어색한 표정을 지으며 버스에 올랐고, 나는 그날 버스 안이 콩나물시루 같아 천만다행이라 생각했다. 분명 읽은 책인데 주인공이 누구인지, 어떤 내용인지 버스에서 내릴 때까지도 떠오르지 않았다. 아무리 암기를 못해도 그렇지, 대사 하나하나 빠져들며 읽은 책마저도 기억 못 할 건 뭐람. 눈물 줄줄 흘리며 읽은 책이어도 시간이 지나면 그때의 느낌만 막연하게 남아 있을 뿐 도대체 기억나지 않았다. 심지어 이미 읽은 책을 난생처음 보듯 읽고, 마지막 장에 읽은 날짜를 메모해 놓은 것을 발견한 적도 있다.

경제 활동을 하면서부터 나는 서점에서 시간을 보내고 책을 잔뜩 사는 게 큰 즐거움이었다. 어릴 때 집에 책이 별로 없어 마음껏 읽지 못한 갈증을 풀기에는 서점 놀이만 한 게 없었다. 술을 먹은 날에도 잠들기 전에 항상 책을 읽었다. 이렇듯 성인이 되어서도 책을 끼고 살았지만 별반 달라지지 않았다. 그러다 보니 누군가에게 책 이야기를 꺼내는 것도 그렇고,

주위에 책 읽는 사람도 많지 않아 독서는 나 혼자 즐기는 취미생활이 되었다. 역사에 문외한인 나는 한동안 그게 부끄러워 역사책을 닥치는 대로 읽었는데, 지금도 열심히 읽었다는 기억만 있을 뿐이다. 대화를 나눌 때 누군가가 책 속 내용이나 명언을 인용하면 사람이 달라 보여 한 번 더 쳐다보곤 했다.

나는 책을 깨끗하게 읽고 책장에 가지런히 꽂아 두는 걸 좋아했다. 워낙 사 모으는 즐거움에 못다 읽은 책도 많았는데, 책장만 바라보면 괜히 기분이 좋았다. 어느 집엘 가도 책꽂이부터 살피는 게 버릇일 정도이니 책은 내게 신성함 그 자체였다. 그러다 새로 시작한 독서모임의 첫 책이 신정철의 《메모 독서법》이었는데, 그때의 충격이 상당했다.

"책을 깨끗하게 보면 깨끗하게 잊힙니다."

'내가 그토록 책 내용을 기억하지 못한 이유가 여기에 있었구나!'

나의 독서는 그저 읽는 행위였다. 이 책을 읽고부터는 필사적으로 책을 지저분하게(?) 읽고 있다. 읽을 때마다 밑줄을 치고 여백에 생각을 메모한다. 내게 의미 있는 책이라면 책 맨 앞장 면지에 핵심 내용을 한 페이지로 정리한다. 그리고 다 읽고 난 뒤 아주 짧게라도 나만의 생각을 기록했다.

《쓰기의 말들》 (2021년 11월 13일)

쓰기와 관련해 은유 작가가 뽑은 104개의 문장과 이에 대한 단상.
전부 따라 하고 싶고, 필사하고 싶은 책이었다.

화장실에 갈 때도, 된장찌개를 끓이면서도 틈만 나면 집어들 정
도로 오래도록 내 곁에 함께했다.

23p 글쓰기는 나만의 속도로 하고 싶은 말을 하는 안전한 수단이
고, 욕하거나 탓하지 않고 한 사람을 이해하는 괜찮은 방법이었다.

《최고의 변화는 어디서 시작되는가》 (2020년 10월 1일)

새로 시작한 독서모임에서 읽게 된 책인데 '노력만 하는 독종은 모
르는 성공의 법칙'이란 표지 문구에 이끌렸다.

이미 많은 책을 통해 노력으로 열심히만 하는 게 최선이 아님을
깨닫게 된 요즘. 엄청 열심히 살았던 나에게 들려줄 메시지는 무
엇이 있을까 해서 하루 빨리 읽어 보고 싶었다. 내가 생각했던 책
은 아니었지만 인사이트가 엄청난 "환경설계의 힘"이라는 획기
적인 발상의 책이었다. (생략)

《실행이 답이다》 (2020년 7월 16일)

"행동하지 않는 생각은 쓰레기에 불과하다."

제목 그대로 이 책을 왜 이제야 읽었을까 싶은 책을 만났다. 공부
하듯 책에 줄을 치고 메모해 가며 일주일이란 시간을 들여 읽었
다. 매일 몇 시간씩 투자하는 책 읽는 시간이 지겹지 않기는 정말

오래간만이었다. (생략)

독서장에 간단히 날짜와 내용, 중요 문장을 쓰고 인스타그램과 블로그에도 남기고 있다. 단기간 내 두 번 정도 정독하는 꼴인데 예전보다 확연히 책 이해도가 달라졌다. 시간 날 때마다 독서 기록을 들춰 보면 책을 처음 읽을 때가 떠오른다. 정말 좋았던 책은 잊지 않기 위해 주기적으로 반복해서 보곤 하는데, 읽을 때마다 배우고 깨닫는 게 달라진다. 이런 일련의 과정을 반복하니 책마다 어떤 내용이었는지 정도는 기억하는 수준이 되었다. 어떻게 보면 나의 진정한 책 읽기는 쓰면서부터다. 물론 그간 많은 책을 읽으며 느꼈던 당시의 감정을 몸이 기억하지만, 삶의 변화를 이끄는 독서는 쓰기와 함께라고 말하고 싶다. 책을 읽을 때마다 당시 내가 처한 환경과 생각이 다르니 다가오는 부분도 매번 달라진다. 훗날 독서 기록을 살펴보면 그 시절의 내 삶이 보이는 듯하다.

내 아이의 모든 날,
모든 순간

; 어록 메모

내 휴대전화에는 아이들의 '어록 메모장'이 있다. 나를 심쿵하게 만드는 아이들의 말을 들으면, 순간을 놓칠 새라 모든 걸 내려 두고 휴대전화 메모장에 짧게라도 기록을 남긴다. 잊지 않기 위해 머릿속으로 계속 되뇌며 휴대전화 터치 속도는 평소보다 몇 배는 빨라진다. 그마저도 어려우면 녹음이라도 짧게 해 둔다. 그러다 시간이 날 때 메모장을 다시 열어 간단히 정리해 놓곤 한다. 키워드만 적혀 있어도 그때의 장면이나 대화가 기억나 정리할 때 한결 편하다.

첫째가 네 살 때 서점에 들렀다가 우연히 《박정희 할머니의 행복한 육아일기》라는 책을 만났다. 다섯 남매가 태어나 일곱 살 때까지 무려 15년 동안의 육아일기를 엮은 책이다. 내용이 훌륭한 건 말할 것도 없고 저자가 직접 그린 그림 하나하나에도 아이들을 향한 사랑이 느껴져 읽는 내내 마음이 뭉클했다. 책을 다 읽고 나니 박정희 할머니에 대한 존경과 함께 내 아이에게도 이런 유산을 남겨 주고 싶단 생각이 들었다. 관심이 있어야 무엇이든 쓸 거리가 생기는 법이다. 내 경험에 따르면 육아일기를 쓴다는 건 아이들의 몸과 마음을 하루 종일 살피고 보듬는 일이다. 엄마의 살뜰한 보살핌을 받는 아이들이 바르게 잘 자라는 것은 의심의 여지가 없다. 이 책을 읽기 전에도 아이의 모습을 간간히 기록해 오고 있었지만, 우리 아이가 초등학교 졸업할 때까지 박정희 할머니처럼 멋진 육아일기를 써 주고 싶었다. 하지만 꾸준히 하는 유전자가 없어서인지 이내 지쳐 일기 쓰기를 멈추고 말았다. 그 뒤로 내가 할 수 있는 선에서 최선을 다해 기록하기로 했는데, 그게 바로 휴대전화 메모장에 틈 날 때마다 쓰는 방법이었다.

휴대전화 메모장을 열어 아이들의 말을 훑어본다.

엄마, 파도가 싱싱해요. (파도를 보며)

물고기야, 나랑 친구할래? (물고기와 놀던 중)

엄마, 머리는 혼자 자고 싶다 하고, 가슴은 무섭다고 해요.
이럴 때는 어떡해요? (침대 머리맡에서)

제가 이제 글자를 좀 알잖아요. 10개보다는 더 많이 알아요.
(글자 공부에 관심 가질 때)

모아르는 우리랑 가장 다르게 생겼어요. 말도 달라요. 그런데 모아르가 태어난 나라는 얼마나 예쁜데요. 진짜 예쁘더라고요.
(유치원에 새로 온 다문화 친구 이야기)

제가 상처를 받아도 오빠를 향한 나의 하트는 줄어들지 않아요.
엄마도 그렇고요. (오빠와 다툰 후)

엄마, 이거 무슨 글자예요? 세상에 없는 글씨 같아요.
('갔' 글자를 보더니)

엄마, 눈을 감고 바람으로, 향기로, 손으로도 봄을 느껴 보세요.

(봄날의 숲에서)

엄마 자신이 제일 소중해요. 엄마 하고 싶은 대로 하세요.

(내가 앞으로 글을 쓰겠다고 말하니)

엄마는 왜 기분 나쁠 때 저를 혼내세요? (억울하게 혼난 뒤)

남편이 가끔 열심히 메모하는 내게 묻는다.

"당신은 늘 아이들 사진 찍고, 무언가 적고. 그 시간에 좀 더 쉬는 게 낫지 않아?"

"여보, 내가 좋아서 하는 일이야. 애들이 나중에 이런 기록을 보면 좋아하지 않을까? 애들도 자신의 어린 시절이 궁금할 거 같아."

아이들의 말을 기록할 때마다 기억에 없는 '어릴 적 나'가 매번 궁금하다. 지금처럼 스마트폰이 있어 사진과 동영상을 찍지도 못하던 시절이니 오로지 부모님 기억에 의존할 수밖에 없다. 부모님도 어릴 때 내가 했던 예쁜 말들에 감동받고 웃었을 텐데. 그래도 부모님이 들려준 많지 않은 일화가 두고두고 생각나고 내게 힘이 된다. 아이들을 위한 기록이라 했지만 사실 나를 위한 행위이기도 하다. 메모장을 살필 때면 아이들의 어록도 자연스레 함께 읽곤 하는데, 중간쯤 읽다 보면 가슴이 얼얼해진다. 딸의 혀 짧은 소리와 말할 때 반짝이던 눈빛, 아들의 시크한 표정까지. 아이들의 모든 날, 모든 순간이 떠오른다. 아이가 했던 말들을 읽으며 나도 모르게 배시시 웃고 있고, 때론 사춘기 아들이 했던 매서운 말을 기억하며 엄마로서의 마음을 다잡기도 한다.

내게 작은 소망이 하나 있다면 아이들의 어릴 적 기록을 모아 성인식 날 선물로 주고 싶다. 누군가 나를 위해 기록을 남겨 준다는 건 꽤 근사한 일 아닐까. 내가 선물한 노트 한 권이 아이들의 앞날에 힘이 되면 좋겠다. 아이 스스로 가족의 사랑을 많이 받았음을 느끼기를, 행여 아이의 지인이나 미래의 배우자가 이 기록물을 본다면 내 자식이 정말 귀한 존재임을 알고 그렇게 대접해 주길 바란다. 책장이나 서랍에서 꺼내 읽을 때마다 성인이 된 우리 아이의 가슴이 저 밑바닥부터 따뜻하게 차오르면 좋겠다.

순간의 기록이 모여
내 삶이 된다

; 인스타그램

제주 공항에 도착한 남편을 바로 태워 '알작지 해변'으로 갔다. 제주의 여름 밤바다는 석양과 함께 별이 되어 반짝이고, 아이들은 어둠이 내린 바다와 함께 어울리길 마다하지 않았다. 몽돌을 때리는 파도가 아이들 소리와 함께 '쏴─' 흩어졌다. 그 순간이 황홀했다. 광경을 보고 있자니 머리와 손이 근질거렸다. '빨리 이 순간을 기록해야 하는데.' 바다를 보며 느끼는 지금 감정을 놓치고 싶지 않았다. 손으로 사진을 찍으며 머릿속으로 마땅한 단어를 떠올렸다. 인스타그램 앱을 열고 후다닥 피드를 올렸다.

행복한 날도, 아픈 날도, 그저 그런 날도 기록하는 내게는 다 소중한 날들이다. 순간의 기록들이 모이면 나의 삶이 그려지고, 그게 곧 나 자신이 된다. 아이들과 제주살이를 시작하며 블로그에 일상을 기록했다. 블로그는 길게, 잘 써야 한다는 부담감에 생각보다 자주 글을 남길 수 없었다. 나는 지난 이야기가 아닌 아이들이 나를 감동시킨 순간, 내 감정이 움직인 그 순간을 기록하고 싶었다. 오로지 순간의 감정에 충실할 기록의 목적으로 잠자고 있던 인스타그램 계정을 깨웠다.

너희들 아름답다.
아무것도 없는 돌무더기에서
내리 2시간이나 노는 모습을 보며

예쁘다, 감사하다는 말이

멈추질 않았다.

자연을 자연스럽게 즐기는

너희들이 차암 아름답다.

바다별처럼 자신을 반짝이며

세상도 밝혀 주길 ♡

21년 시월의 첫날 야밤 산책

#야간바다산책

#용담해안로산책

#자연에서크는아이들

#아이들과제주살기

#제주살이그램

#기록일상

인스타그램은 글이 짧아도, 제목만 올려도 전혀 이상하지 않
다. 사진과 동영상을 남기고 글까지 함께 기록할 수 있어 글
을 길게 써야 한다는 부담감이 줄어 예전보다 많은 순간을
남기고 있다. 나의 이야기뿐만 아니라 아이들의 이야기도 차
고 넘친다. 제주 자연 풍광에 취해, 아이들 말이 예뻐서, 우
리의 행복한 순간을 남기고 싶어서, 읽고 있는 책의 아름다

운 문구를 기억하고 싶어서, 인스타그램에 지금의 충실한 삶을 기록한다. '행복했다는 걸 알기만 하면 되지.'라고 말할 수 있지만 우리는 모든 걸 기억하며 살 수 없다. 내가 일부러 기억하려 애쓰지 않은 것들은 바람처럼 날아가 버린다. 나 역시 예전 기록을 들출 때면 까맣게 잊고 있던 일들이 많다는 걸 느낀다. 약간의 힌트만 기록되어 있어도 그 순간이 다 소환된다. 장소, 시간, 있었던 일들, 감정까지도. 그게 순간 기록의 묘미 아닐까. 주말부부로 서울에서 지내는 남편이 나에게 종종 하는 말이 있다.

"애들하고 자연에서 함께하는 것도 고마운데, 기록으로 남겨 줘서 고마워. 당신 인스타그램 덕분에 아이들과 함께 있는 기분이야."

인스타그램을 시작할 때 우려가 없던 것도 아니었다. 타인의 삶과 비교해 가며 행복지수가 떨어진다는 부정적인 면도 있지만, 오로지 기록을 목적으로 하니 휩쓸리지 않았다. 소통까지 더해지니 휴대전화 속 세상이지만 사람 사는 동네이기도 했다. 시간이 지날수록 결이 맞는 사람과의 소통은 꽤나 즐거웠다. 기록용으로 쓴다고는 했지만 피드 내용에 마음을 주고받는 대화는 오프라인 만남 이상으로 끈끈했다. '좋아요'와 '댓글'은 내가 걷는 길을 지지받는 느낌이었다. 실제 온라인 친구가 오프라인 친구가 되어 가끔씩 만나 누구보다 서로의 꿈을 응원한다.

글이 부담스럽다면 사진만 올려도 된다. 해 보기 전에는 모른다. 나도 불과 이 년 전만 해도 종이만 한 게 없다며 수첩과 펜만 고집했는데, 내게 맞는 디지털 기록 매체를 찾아 활용하니 이보다 편한 게 없다. 꼭 인스타그램이 아니어도 자기만의 기록 방법이 있다면 충분하다. 아침 하늘이어도 좋고 (실제 나는 거의 매일 아침 하늘 사진을 찍는다), 책을 읽으며 전율을 일으킨 문장에 대한 생각이어도 좋고, 매일 먹는 점심 혹은 저녁 식사여도 좋다. 한 달만 지나도 내가 보이고, 일 년이 모이고 십 년이 모이면 나의 유산이 될지도 모르니까.

오늘부터 1일! 부담은 떨치고 무엇이 되었든 '내 순간 기록하기' 어때요?

또 다른
세상을 만나다
; 블로그

고백하건데 내가 글을 쓰기로 마음먹은 건 순전히 블로그 덕분이다. 퇴사 후 SNS 마케팅 수업을 들으며 시작하게 되었지만, 블로그는 내게 꿈을 찾아 준 은인 같은 존재이다. 블로그를 시작하며 전혀 몰랐던 온라인 세계를 알게 되었다. 처음에는 제주살이 일상을 포스팅하며 결이 맞는 블로거를 이웃으로 맺기 시작했다. 또한 자기계발과 재테크 관련 블로거에 관심이 갔다. 내가 관심 있는 부동산, 자기계발, 육아 관련 단어를 블로그 창에서 검색해 블로거를 찾아 글을 읽었다. 그중 공감되는 글의 블로그는 이웃으로 추가하거나, 소통을 이어 가고 싶은 블로거에게는 정중히 서로이웃도 신청했다. 이웃과의 소통을 이어 가며 온라인 세계 속 그들을 탐색했다. 그들은 매일 자신들만의 루틴을 실행했다. 나도 그들을 따라 독서모임, 강좌, 자기계발 모임 등 하나둘 시도했다. 끌리는 것을 찾아 나를 부딪히며 도전했고, 영역을 점차 넓혀 결국에는 현재의 책 쓰기까지 이르렀다.

블로그 시작이 어렵다는 친구에게 블로그 체험단을 해 보라고 권유한 적이 있다. 나는 제주에 유명한 카페를 다 가고 싶은 마음에 체험단을 시작했다. 이후에는 제주 카페와 맛집은 물론 공연, 박물관, 스냅사진, 생활용품, 도서, 피부 관리, 숙박까지 제주를 즐기는 데 블로그 체험단만 한 도구가 없다. 재미있게 해 보라며 권했는데, 그 친구는 지금 리뷰의 고수가 되었다. 얼마 전 친구로부터 고맙다는 말을 들었다.

"내가 퇴사하고 코로나 시국에 블로그라도 안 했으면 어떻게 살았을까 싶어. 네 덕분에 삶이 달라졌어."

친구가 대단한 글을 쓰는 건 아니지만 매일 블로그에 리뷰를 쓰며, 자신의 삶을 풍요롭게 채우고 있다. 그거면 된 거 아닌가. 그리고 매일 쓰는 삶을 살다 보니 언젠가는 글다운 글을 쓰고 책도 쓰고 싶다고 말한다.

사람들이 가끔 나에게 글을 쓰며 자신의 꿈을 찾고 싶다고 말한다. 나는 주저 없이 블로그를 시작하라고 권한다. 블로그에 무슨 이야기를 적을지 처음부터 콘셉트를 정할 필요는 없다. 일상 글을 쓰다 보면 내게 맞는 주제가 생기고 글의 분야도 확장되어 간다. 처음부터 잘 써야 한다는 두려움에 시작도 못 하는 어리석음은 겪지 않았으면 한다. 블로그는 가장 쉽게 다양한 콘텐츠를 구사할 수 SNS 매체이다. 인스타그램도 지난 일 년 집중적으로 했는데, 주제가 있는 전문적인 글쓰기는 블로그만 한 게 없다. 그리고 잘 쓰지 않은 글에도 이웃이 건네는 따뜻한 응원 댓글은 블로그를 오래도록 지속하게 만들었고, 꾸준함을 유지하는 데 큰 힘이 된다.

내가 생각하는 블로그의 장점은 세 가지이다.

첫째, 내게 필요한 고급 정보를 무료로 마음껏 얻는다.

자기계발, 재테크, 글쓰기 등 관심 있는 분야의 전문가 글을 매일 읽을 수 있다. 블로그 이웃만 잘 선택하면 유료 구독 서비스 못지않고 수준 높은 강의, 책 정보와 저자 북토크도 넘쳐 난다.

둘째, 글쓰기 근육이 붙고 사유의 힘이 길러진다.

꾸준히 쓴다면 글 실력은 늘 수밖에 없다. 그리고 글을 쓰며 나를 돌아보게 된다. 관심 있는 주제에 대해 깊이 생각하고 글로 남기게 된다. 글을 쓰며 자연스레 나를 이해하는 과정도 거친다.

셋째, 온라인 커뮤니티 참가다.

요즘은 인스타그램에서도 커뮤니티 모집이 많지만, 블로그는 다양한 분야의 커뮤니티가 넘쳐 난다. 우스갯소리로 요즘은 초보가 왕초보를 가르치는 시대라고 한다. 누구나 선생이고 제자다. 온라인 공간에서 배우는 동시에 나만의 콘텐츠가 있다면 가르칠 수도 있다.

실제로 나는 엄마표 영어 커뮤니티에 참여했다가 미라클 모닝으로 이어졌다. 거기서 진행하는 북토크에서 '명품가정 만들기' 참여가 이루어졌고, 오프라인으로도 만나 부모와 자녀 멘토링을 받고 여행도 함께했다. 독서모임을 참여하며 기록의 중요성을 깨닫고 쓰기에도 매진하게 됐다. 블로그에서 글쓰기 선생님을 우연히 만나고, 인연의 끈이 계속 이어져 현재 이렇게 책을 쓰고 있다.

블로그 글쓰기는 나를 기록하고 꿈을 찾는 여정이다. 나의 과거, 오늘, 미래의 꿈을 찾아가는 과정을 글로 붙잡아 두는 일이다. 나와 가족이 함께 나눈 추억, 내가 꿈을 향해 고민한 흔적, 하루를 살아 내는 일에 대한 단상, 나의 관심사들을 글로 남긴다. 나만의 온라인 공간이 있어 생각날 때마다 두고두고 나를 들여다볼 수 있다는 건 꽤나 멋진 일이다. 그리고 나를 위해 쓴 글이지만, 남들에게도 도움이 된다면 정말 행복한 일이다. 블로그 글쓰기는 내 하루하루 삶의 포트폴리오가 되어 퍼스널 브랜딩까지 이어진다.

아직 온라인 세상을 경험하지 않았다면 겁먹지 말고 일단 블로그에 도전하자!

불쑥 화가 치밀 때
내가 찾은 방법
; 24시간 관찰일지

어느 날부터 싱크대 앞에 설 때마다 화가 치밀었다. 작은아들과 동서 편만 들던 시어머니, 엄마에게 친절하지 않은 경상도 아빠가 번갈아 가며 나를 괴롭혔다. 위아래로 문짝이 세 개뿐인 좁은 싱크대는 딱 그 크기만큼 나를 옥죄어 왔다. 살아오며 처음 겪어 보는 알 수 없는 감정에 나는 몹시 지치고 울컥울컥했다. 제주살이 하며 한 번씩 겪는 '육지앓이' 같기도. 창문 너머 햇살이 집 안 끝까지 비출 때면 저녁 식사를 준비해야 한다는 신호다. 몇 걸음이면 닿는 싱크대까지의 걸음은 왜 그리도 무거운지, 개수대에 수북이 담긴 그릇만 봐도 고무장갑을 내팽개치고 싶었다. 설거지하다 고개를 들면 보이는 주방타일 위 햇살은 나를 더 괴롭혔다. 그런 날은 무슨 정신으로 밥을 하고 아이들을 보살폈는지 모르겠다. '난 멘탈이 강하니까'라며 매번 정신을 차리려 하지만, 한순간 정신을 놓을 수도 있겠다는 생각이 들었다.

불쑥 튀어 오르는 생각들에 사로잡혀 영혼 없이 지내는 날들이 지속되었다. 어느 날 매사에 긍정적인 내가 도대체 왜 이렇게 지내나 싶어 정신이 번뜩 들었다. '그간 내가 나를 너무 모르는 건 아니었을까?' 나의 하루를 연습장에 적기 시작했다. 처음에는 그냥 기상부터 취침까지 시간대별 하루 일과를 쭉 적으며 기분도 함께 체크했다. 어느 날 독서모임에서 지정한 이민규의 《실행이 답이다》를 읽는데 내가 그동안 해 온 방법이 체계적으로 설명되어 있어 깜짝 놀랐다. '자기감찰 기법(관찰과 기록을 통해 행동을 수정하는 기법)' 대목이었다. 심리학자인 저자는 자기를 관찰하고 기록하는 것만으로도 행동의 변화(반응성 효과)를 일으킨다고 했다. 자신의 행동과 행동에 영향을 미치는 원인을 관찰해 자신을 더 효과적으로 관리할 수 있다는 것이다. 책에 따르면 유명 작가들도 자신을 통제하는 방법으로 자기감찰 기법을 사용했는데, 어니스트 헤밍웨이나 어빙 월리스도 작업 내용을 기록하는 습관을 가졌다고 했다. 책에서 소개한 심리학자 이반 러트너가 정신분열 환자 환청을 자기감찰 방법으로 2주 만에 치료한 예시를 읽고는 바로 따라 했다. 싱크대 앞에만 서면 치밀어 오르는 화를 하루라도 빨리 벗어 던지고 싶었다.

'양지영 24시간 관찰일지'를 적기 시작했다. 하루 중 내가 한 일과 순간순간 생각나는 모든 것을 빠짐없이 적었다. 더 나아가 그날의 감사한 일, 무의식 중 떠오르는 생각, 짜증이나 화난 일 등 감정의 변화까지 기록하기에 이르렀다. 관찰일지 3일차에 나를 객관적으로 알 수 있는 방법이라는 걸 깨달았다. A4 사이즈 연습장을 깨알 같은 글씨로 가득 채웠다. 특별한 양식이 있는 게 아니니 나만의 방식으로 날마다 조금씩 바꿔 갔다. 분 단위로 적어 보니 허투루 보내는 시간이 놀랍게도 줄었다. 평소에도 끄적이는 걸 좋아하는지라 관찰일지

적는 데 힘든 건 없었다. 시간이 갈수록 조금씩 달라지는 기록의 힘에 놀랐다. 무의식 중 떠오르는 생각들이 없는 날도 생기고 무엇보다 기록을 통해 나를 있는 그대로 바라보게 되었다. 관찰일지는 2주간 집중적으로 작성하고 그 뒤로는 약식으로 적었다. 자세한 관찰일지는 '쓸모 있는 글쓰기 Tip' 113p에서 볼 수 있다.

관찰일지를 3개월간 꾸준히 적으며 부수적으로 얻은 것들이 있다. 하루를 계획하는 삶이 중요하고 모닝루틴이 필요하며, 다양한 방법으로 기록하며 나를 변화시키는 삶의 필요성을 깨달았다. 이후 모닝루틴도 만들고 1일 습관 체크를 통해 나를 관리했다. 다양하게 기록하는 방법으로 한 줄 명언, 긍정선언문, 감사일기, 하루 할 일 등 나만의 일일 기록장도 이때 완성했다. 나는 관찰일지를 작성한 이후, 화가 불쑥불쑥 치밀어 오르는 일을 다시 겪진 않았다. 며칠 전 관찰일지를 쓰던 당시에 일기장을 뒤져 봤다.

"내 마음이 어지러우면 그때그때 글로 써 내려가는 것이 최선이다. 나를 힘들게 하는 모든 것에서 해방될 수 있도록 나를 객관화하기를 게을리하지 말자."

최근에서야 감정일기 쓰기가 있다는 것을 알았지만, 그 당시는 정말 내가 이 상황에서 벗어나고 싶어 스스로 짜고 짜낸 궁여지책이었다. 혹시 나처럼 불쑥불쑥 불편한 생각이 떠올

라 괴로울 때, 나의 마음을 정확히 들여다보고 싶을 때, 나는
어떤 모습으로 하루를 살아가는지 궁금할 때 일주일만이라
도 나를 관찰하고 기록해 보자.

숨 쉬는 것조차
아름다워질 때까지
; 감사일기

내 생애 처음 접한 자기계발서는 또 다른 신세계였다. 많이 읽을 때는 하루에 한 권씩 읽기도 했다. 자기계발서에는 공통적으로 전하는 메시지가 있었다. 그중 하나가 '감사일기' 쓰기였다. 일기 중에서도 감사하는 마음은 삶에 엄청난 에너지를 주며, 자신의 삶이 어려울수록 감사일기를 써야 한다고 했다. 로빈 샤르마의 《변화의 시작 5AM 클럽》에는 이런 구절이 있다.

"내일은 약속이지 사실이 아닙니다."

오늘의 삶에 감사하고 최선을 다해 살아야 함을 보여 주는 가장 좋은 말이 아닐까. 당연한 줄 알았던 내일이 사실이 아니라니 이 문구를 처음 읽었을 때 충격이 꽤 컸다. 이날 이후 오늘 내게 주어진 삶에 더 감사하고 순간순간을 더 즐기기로 마음먹었다. 사실 감사일기를 시작할 당시, 길어진 코로나와 함께 내가 가야 할 길이 보이지 않아 지친 상태였다. 지푸라기라도 잡는 심정으로 늘 쓰던 일기에 감사할 일을 몇 줄 추가했다. 하루에 감사한 일 3개 쓰기가 뭐가 어려울까 싶었는데 생각보다 잘 찾아지지 않았고 쥐어짜듯 아주 짤막하게 써졌다. 그래도 무조건 한 달은 써 보자 마음먹고 매일 썼다.

내게 주어진 오늘 8만 6,400초에 감사하는 삶을 살자 마음먹으니 점차 감사의 범위가 넓어졌다. 감사일기의 양이 점점 늘어나 한 달이 지나니 노트 한 페이지의 3분의 2를 채웠다. 하루를 마감하며 감사일기를 적으면 나의 하루를 곰곰이 떠올릴 수 있을 뿐만 아니라 긍정의 기운을 얻고 자니 다음 날까지 좋았다. 대단한 게 있어 행복한 사람이 아니라 삶에서 사소한 것들을 찾아내니 행복한 사람이 되었다. 내가 만난 사람과 인연, 내가 해 낸 일과 얻은 기회를 찾다 보니 온통 감사한 일이었다. 더 나아가 내 일상에 의미를 두기 시작했다. 해가 쨍쨍한 날, 비 오는 날, 예쁜 구름, 예쁜 찻잔 등 언제든 만날 수 있는 제주의 자연과 건강한 아이들. 당연히 여기던 것들이 당연한 게 아니었다. 나를 둘러싼 모든 상황이 감사했다. 감사일기를 6개월 넘게 쓰니 아침에 눈을 떠서 숨을 쉬는 것만으로도 감사한 삶으로 변해 있었다.

2020.10.28.수

1. 오렌지 루이보스티에 한라봉차를 섞어 마셨더니 요즘 말로 완전 개꿀맛이어서 감사하다.

2. 아들 윤이가 학교에서 지낸 일을 공유해 줘서 감사하다.
   (오늘은 마니또 이야기)

3. 딸이 골라 준 앞치마를 하니 왠지 요리를 더 잘하는 엄마 같다. 연이의 안목에 감사하다.

4. 무엇이든 메모하고 쓰는 것을 좋아하는 나여서 감사하다. 아이

디어가 있을 때마다 바로 적는 습관이 있어 다행이다.

5. 살아 숨 쉬고 있음에 감사하다.

한 달간 매일 적은 감사일기로 정리의 시간을 가져 봤다. 나의 삶은 온통 감사로 넘쳐 세상 부러울 게 없는 사람이었다. 하루하루 작은 감사가 모여 어려운 환경 속에서도 잘 살아낸 내게 상이라도 주고 싶었다. 성장하고 있는 나를 발견하고, 아침을 함께 여는 음악, 남편과 아빠의 자리를 꽉꽉 채우는 남편, 게임보다 사슴벌레를 좋아하는 아들, 제주살이로 누리는 내적 만족과 나의 소소한 일상들. 감사거리가 하루에 5개면 한 달에 150개, 일 년이면 어림잡아 1,800개다. 한 해를 살며 1,800개의 감사한 일이 있다면 얼마나 잘 살아 낸 것인가. 3년째 감사일기를 쓰며 예전에 비하면 경제적으로 풍족하지는 않지만, 내 마음은 아주 작은 것에서부터 만족하며 풍성한 삶을 살고 있다.

오늘도 나의 소소한 일상에 감사함을 찾고, 매일 감사일기를 쓸 수 있어 감사하다.

I did it!

; 한 해 일기

몇 년 전부터 연말이면 한 해를 돌아본다. 그해 나를 대표하는 키워드를 정하고, 내가 해 낸 일들을 기록한다. 보통 11월부터 월간 기록을 보며 하나씩 적는데, 12월 중순 즈음이면 30여 개가 채워진다. 고작 한 페이지 남짓이지만 한 해를 돌아보고, 새해 목표를 잘 세우기 위해서는 필수 과정이다. 자신을 돌아보는 가장 쉬운 방법이 기록인데, 나의 경우는 일기, 월기, 연기가 있다. 매일의 기록이 없으면 한 달을 돌아보기 힘들고, 한 달을 기록하지 않으면 일 년을 돌아보기 힘들다. 그래서 매일 어떤 식으로든 내 일상의 흔적을 남기려한다. 김신지 작가는 《기록하기로 했습니다》에서 "하루는 평범하지만 쌓이면 특별해진다는 것. 모든 일기에 통하는 법칙입니다."라고 말했다.

나의 2020년을 돌아본 내용의 일부이다.

2020년 I did it

○ 키워드 : 실행(생각하는 대로 이루어진다.)

　　　　　쓰기(기록하는 삶이 중요하다.)

　　　　　습관(평생 습관이 필요하다.)

○ I did it

· 내 인생 목표와 긍정선언문을 완성했다.

· 블로그와 인스타그램을 시작했다.

· 새벽 기상과 독서모임을 시작했다.

- 돈에 대한 생각을 완전히 바꾸었다. 돈은 좋은 것이며 앞으로의 내 삶에 반드시 필요하다.
- 엄마표 영어를 하루도 빠지지 않고 8개월간 완주했다.
- 쇼핑앱을 삭제하고 불필요한 옷, 가방, 물건 등을 사지 않았다.
- 고지서를 받는 즉시 처리하고, 잠들기 전 테이블을 깨끗하게 정리하는 습관이 생겼다.
- 제주의 거의 모든 곳을 다녀서 도민보다 더 많이 안다는 이야기를 들었다.
- 작은 것에 감사하며 일상을 여행처럼 살았다.
- 내가 평생 해 오던 '기록의 중요성'과 '기록이 누구나 하기 쉬운 습관은 아님'을 깨달았다.

올해는 조금 다르게 한 해를 돌아보았다. 12월 한 달간 '마무리, 또 시작'이라는 주제를 가지고 매일 짧게 글을 썼다. 2020년에는 단순하게 나의 성과를 나열했다면 2021년은 찬찬히, 세세히 돌아보고 나를 잘 보듬기 위해서였다. 예를 들면 아래와 같고, 목록은 무한정 가능하다.

올해의 키워드

올해 새롭게 이룬 일

올해 나를 힘들게 했던 일

올해의 책

올해의 사람

올해의 공부

올해의 자산

올해의 일탈

글을 통해 나를 돌아보는 시간을 가지면 가질수록 내가 원하고 바라는 게 무엇인지 자연스레 머릿속에 그려진다. 덕분에 2021년을 열심히 산 나를 잘 보듬고, 2022년을 힘차게 맞이했다. 한 달간의 매일 글쓰기를 마치고 2022년 계획을 세우는데 순식간에 리스트업이 끝났다.

우리는 생각보다 자신의 삶을 잘 돌아보지 못한다. 목표 세우기만큼이나 피드백 하는 시간을 갖는 게 매우 중요하다. 한 해를 돌아볼 때 글로 남기지 않은 생각과 감정은 이내 사라진다. 기록을 한 해는 두고두고 들춰 볼 수 있다. 그럴 때마다 어려운 환경에서도 내가 잘 살아 냈다는 안도감과 함께 뿌듯함이 느껴진다. 매달 내가 이룬 2～3가지만 기록해도 연말에 '한 해 살이'가 쉽게 정리된다. '한 해 일기'가 매년 모이면 내 인생 포트폴리오도 된다. 주어진 삶을 잘 살아 낸 내게 '인생일기'라는 근사한 선물을 주면 어떨까.

기록을 통해
당당해지기

; 프로젝트 기록

내가 진행하는 모든 일이 프로젝트다. 가정과 회사, 내 일을 구분 짓지 않는다. 중간·기말고사, 입사 시험, 결혼과 출산, 아이 키우기, 하물며 지금의 책 쓰기도 내 인생에서 아주 큰 프로젝트 중 하나이다.

　　도윤이의 인성&자존감&행복 : 아들 키우기 프로젝트 (13년)

　　서연이의 용기 : 딸 용기 키우기 프로젝트 (7년)

　　아이들과 제주살이 기록 : 생애 첫 독립출판 프로젝트 (4개월)

　　작가 양지영의 삶 : 첫 기획출판 프로젝트 (1년)

나만의 프로젝트를 만들면 보통 프로젝트 기간을 정하고 시기별로 해야 할 일들을 계획한다. 그리고 누가 가르쳐 준 적은 없지만 새로운 일을 해야겠다고 마음먹으면 노트부터 준비한다. 사업을 시작할 때 안녕과 풍요를 바라며 고사를 지내는 마음이랄까?

프로젝트 기록의 가장 좋은 점은 언제든지 당당할 수 있다는 것이다. 프로젝트와 관련해 아이디어가 떠오르면 노트에 바로 적는다. 순간을 스치는 아이디어가 프로젝트 수행에 꽤 도움이 된다. 무엇보다 기록을 통해 스스로 관리가 가능하다. 계획을 세워도 피드백이 없으면 앞으로 나아가기 힘들다. 진행할 때마다 마음의 일기도 꼭 함께 쓴다. 마음 일기는 프로젝트를 진행하는 내내 버팀목이 되어 준다.

이 책을 쓰기 시작하며 문서 파일을 약식으로 만들었다. 먼저 책 쓰기 프로젝트의 큰 그림을 그린 다음 전체적인 스케줄링을 했다. 초고를 쓰는 동안 '진행상황표'를 만들어 퇴고를 몇 번 했는지, 어떤 글이 빨리 써졌는지, 안 써지는 글은 왜 그런지 등등 기록했다. 스케줄을 점검하며 변곡점이 생길 때마다 수정했다. 출판사 투고를 본격적으로 준비하며 다이어리를 준비했다. 기록하며 책 쓰기를 즐겨 보기로 했다.

투고를 준비하며 단계별로 진행 상황과 느낌을 간단하게 써놓았다. 투고 후 회신이 없을 경우를 대비해 B안도 마련했다. 당장의 일은 아니지만 책을 쓰며 필요한 정보와 아이디어도 틈틈이 메모했다. 서점에 갈 때마다 책을 살펴보며 투고하고 싶은 출판사도 정리했다. 글쓰기와 달리 책 쓰기는 회사에서 프로젝트를 진행하는 기분으로 이어 갔다. 다이어리는 일주일마다 진도 체크가 되어 글을 쓰는 내내 편했고, 기록 덕분에 자체 피드백도 할 수 있어 효율적이었다. 책을 쓰는 건 책임감이 무거운 일이지만 그 과정마저 힘들 필요는 없다고 생각한다. 나는 무엇보다 복잡한 일상 속에서도 one thing, 책 쓰기 한 가지만 기록하기 때문에 타이트하게 느껴지지 않았다. 덕분에 좋아하는 다이어리에 기록을 쌓아 가며 책 쓰기의 과정을 조금은 여유 있게 즐기는 중이다.

Weekly Plan 초고 보내기

Mon / 3.28(집)

→ 챕터1, 챕터2 다시 보기

고칠 게 많아 보이지 않았는데 작업하면 할수록 온통 고칠 거 투성이다. 왜 볼 때마다 새로운 거야. ※안 풀리는 글 작정하고 쓴 날

Tue / 3.29(집)

→ 챕터3, 챕터4 다시 보기

글 쓰다 갑자기 함덕으로 날아가 에메랄드 바다가 보이는 카페에서 혼자 우아하게 파스타 먹고, 커피 한 잔 하고 옴. 바쁠수록 마음의 여유를. ※글 쓴다고 육아와 집안일을 소홀히 할 수 없다.

Wed / 3.30(카페)

→ 전체 끝내기

아이들을 재우고 요즘 매일 새벽까지 글을 쓴다. 그런데 밤은 못 새겠다. 아 오늘 다 끝내려 했는데.. ※내일 또 도오전!

Thu / 3.31(집)

→ 원고 보내는 날

왜 볼 때마다 고칠 게 보이는 거야. 오늘 보내고 내일 산에 가려했는데.. ^^;; ※이번 주에 꼭 보내야지. (오늘도 새벽 마감)

Fri / 4.1(집)

→ 원고 마감 기념 오름 오르기

원고는 못 보냈지만 일단 오름으로 향했다. 두릅, 고사리, 쑥까지 뜯고 자연과 함께하며 확실히 리프레쉬 했다.

※아이들이 힘내라고 이벤트로 샤프 선물해 줌

Sat / 4.2(글스테이)

→ 체크한 글 다시 작성

무려 6편이나 다시 썼다. 아침 10시 30분부터 23시 30분까지. 13시간 동안 화장실 갈 때 빼고 계속 썼다. 사람은 역시 마감의 동물인가???? ※독자에게 읽히는 책을 향해 파이팅!

Sun / 4.3(집)

→ 목차, 흐름 최종 체크, 원고 송부

끝나지 않을 거 같던 작업이 끝났다. 부디 독자에게 좋은 책이면 좋겠다. 진심으로. ※서연이가 엄마는 글을 써야 하니까 혼자 자겠다고 했다. 덕분에 마감할 수 있었다.

이런 기록 덕분에 나의 경험을 생생하게 전달할 수 있다. 시간이 지나면 모든 기억은 희미해지는 법. 아무리 머리가 좋은 사람도 기록만큼 정확할 수 없다. 여기서 기록은 꼭 노트와 글의 형태가 아니어도 된다. 사진이나 영상이어도 좋다.

사람들이 기록하는 게 지겹지 않냐고 묻는데 전혀 그렇지 않다. 여기에는 과정의 즐거움이 반드시 있다. 물론 처음은 힘들 수 있고, 습관이 되려면 일정 부분의 노력이 수반되는 법이다. 프로젝트명이 쓰여진 나만의 노트를 하나 만드는 것만으로도 왠지 근사한 일을 하는 기분이 든다. 꼭 회사에서 진행하는 크고 중요한 일에만 프로젝트란 이름이 붙으라는 법은 없으니까!

〈아이와 10cm 더 가까워지기〉

〈아이와 그림책 100권 읽기〉

〈몸무게 50kg 만들기〉

기록을 통해 나만의 프로젝트를 근사하고 당당하게 진행해보자.

쓸모 있는 글쓰기 Tip 1
쓰는 삶에 가까워지는 SNS* 시작하기

저는 종이와 펜만 고집하는 지독한 아날로그 감성 소유자예요. 그랬던 제가 SNS를 막상 시작해 보니 장점이 너무 많더라고요. 2년쯤 해 보니 이제는 펜으로 해야 할 기록과 온라인상에서 해야 할 기록들이 명확히 구분됩니다. 각 매체별로 장단점도 보이고요.

요즘은 SNS를 여러 개 운영하는 사람도 많은데, 처음에는 하나씩 해 보고 늘려 가도 늦지 않아요. 그리고 50대, 60대에 시작하는 사람도 많으니 나이는 문제가 되지 않죠. 자기계발의 도구로 활용하기에 최적입니다. 저 역시도 SNS를 통해 글쓰기 모임을 운영 중이에요.

시작이 어렵다면 블로그, 인스타그램 활용법에 관한 강좌를 듣거나 커뮤니티에 가입하는 것도 추천합니다. 다른 사람들과 함께 배움을 이어 가는 것도 SNS를 쉽게 접근하는 방법이에요.

일단 시작이 중요하거든요.

1. 블로그

인스타그램, 유튜브, 페이스북, 브런치, 틱톡 등 SNS가 다양해져 블로그 이용자가 줄었지만 블로그가 가진 강점은 확실합니다. 여전히 많은 사람들이 블로그를 통해 정보를 얻고요. 주제를 가지고 전문성 있는 정보 글을 쓰기에는 블로그가 최고입니다. 주제별로 카테고리가 있기 때문에 다양한 글 작성이 가능하고, 과거에 올린 글도 주제별로 빠르게 정보 습득이 가능합니다. 자신의 전문 분야가 있다면 관련 내용을 올리기에는 최적이에요. 사진보다는 글이 중요합니다.

인스타그램은 빠르고 쉽게 올릴 수 있는 장점 때문에 일 년 정도 집중적으로 했는데, 저 같이 할 말이 많은 사람은 시간이 흐를수록 블로그가 그리웠어요. 지금은 정보를 주는 내용이나 저의 생각을 길게 적을 때는 블로그에, 사진이 중요한 제주살이 일상은 인스타그램을 활용합니다.

> **TIP.** 네이버를 사용하는 회원이라면 1분 만에 블로그를 만들 수 있답니다. 일단 시작해 보세요.

＊블로그＋인스타그램

2. 인스타그램

인스타그램은 정말 부담 없이 시작할 수 있는 SNS에요. 글보다는 사진이 중요한 도구랍니다. 다들 스마트폰으로 사진은 찍잖아요. 짧은 글조차도 부담스럽다면 사진 하나만으로도 시작할 수 있어요. 사진은 최대 10장까지고, 댓글이 부담스러우면 '좋아요' 버튼만 눌러도 소통이 가능합니다. 순간을 기록하는 도구로 딱이죠!

요즘은 인스타그램이 엄마들의 자기계발과 수익화 도구로 많이 활용되고 있어요. 계정별로 콘텐츠를 하나씩 운영하면 나의 브랜딩도 자동으로 된답니다. 엄마들은 일상 기록도 하지만 요리, 책, 필사, 패션, 육아, 공구, 상품 홍보, 프로젝트 진행까지 정말 다양하게 활용해요.

저는 3개의 계정을 만들었습니다. 저와 아이들의 제주 일상을 기록하는 계정, 책과 쓰기를 기록하는 계정, 가족과 함께 걷는 제주 올레길 계정이 있지요.

TIP. 인스타그램 앱을 설치하고 계정을 만들어요. 계정은 5개까지 가능하고 계정별 비공개도 가능합니다.

쓸모 있는 글쓰기 Tip 2
내 감정을 들여다보는 '24시간 관찰일지*'

내가 하루를 어떻게 보내고 무슨 생각을 하는지 알고 있나요?
촬영자가 있어 나를 24시간 비디오 카메라로 찍어 준다 해도 내
마음까지는 모르겠지요.
나의 일상을 객관적으로 들여다보고 싶을 때, 시간 관리가 필요할
때, 내 행동의 이유가 궁금할 때 나를 관찰해 봅니다. 일주일만 써
보면 나를 정확히 파악할 수 있어요.

방법은 간단합니다. 나의 24시간을 빠짐없이 기록하는 건데요. 해
당 시간대의 일들을 상세하게 적습니다. 한 일, 먹는 음식, 머무는
장소, 기분, 감정 등 내가 기록하고 싶은 모든 것을 적어요.
특별한 양식은 없어요. 늘 그렇듯 써 가면서 저만의 방법을 체득
했는데요. 쓰다 보니 제가 조금 더 기울이고 싶은 항목들이 하나
둘 늘어나더라고요.

> *시간대별 나의 모든 것 기록하기

날짜: 20.7.13

〈오늘의 다짐〉

부탁하는 사람이 되자 / 아이들에게 다정하게 대하자

〈오늘 하루〉

(생략)

12:00 ~ 12:20 동생이랑 통화

　　　　　　→ 동생의 힘든 마음을 잘 헤아려 주는 것도 나의

　　　　　　　큰 역할 중 하나다.

12:20 ~ 13:30 점심 식사(집) / 부동산 강의 15강

　　　　　　→ 부자의 마음가짐 : 과거를 그리워하지 않음

13:30 ~ 13:40 엄마표 영어 64day

13:40 ~ 14:00 인생필사 #19

　　　　　　→ 세상에서 가장 우매한 대답

　　　　　　　'아무거나'라는 대답은 하지 말자.

(생략)

〈감사한 일〉

제주항에서 아이들과 트럼펫 물고기를 잡아 감사하다.

사춘기 아들이 사슴벌레에 집중하고 탐구해서 감사하다.

〈무의식 중 떠오른 생각〉

"네가 왜 미국을 가는데?"라는 말이 갑자기 떠올랐다.

나는 미국 가면 안 되는 사람?

요즘 내 머릿속에 아빠가 했던 말들이 자꾸 생각난다.

〈짜증나거나 화난 거〉

아이들에게 똑같은 말을 몇 번씩 해야 하는 상황에 자꾸 화가 난다.

좁은 싱크대에 그릇을 올리는데 미끄러져 접시가 또 깨졌다.

〈오늘의 마무리〉

순간 떠오르는 생각들을 종이에 자꾸 쓰다 보니 어지러운 생각들이 하나씩 멈춘다. 매일 이렇게 적어 봐야겠다. 나도 내가 궁금하다.

*시간대별 나의 모든 것 기록하기

쓸모 있는 글쓰기 Tip3
나를 세우는 '매일 채움*' 기록하기

매일 나를 바로 세우는 기록을 실천합니다.

자기계발을 하며 2년간 시도한 많은 기록 가운데 장점만을 모아, 꿈을 향해 나아가는 데 가장 적합한 포맷으로 만들었습니다. 하루를 보내는 태도가 될 인생 문장, 내가 이루고자 하는 목표, 나에게 마법을 걸어 주는 긍정선언, 나의 삶을 기쁨으로 채워 줄 감사일기, 오늘 할 일까지.

'매일 채움' 기록을 하기 전과 후의 삶은 많이 달라졌습니다. 하나의 기록이 습관으로 자리 잡는 데는 일정 부분 반드시 노력이 필요해요. 다만 매일 다 채운다는 부담감만 내려놓으세요.

나의 하루를 풍요롭게 채울 수 있다면 한번 도전해 보시겠어요?

날짜 2022. 2. 8. 화

〈오늘의 문장〉

글쓰기는 마음을 부지런하게 하는 능력이 있다.

글을 쓰는 날은 인생을 두 번 사는 느낌이다.

글쓰기는 나 자신을 부지런히 사랑하는 일이다.

이슬아 작가 세바시 강연 〈글쓰기는 부지런한 사랑이다〉 中

〈2022년 목표〉

몸과 마음이 건강한 나: 나의 2022년은 빛난다.

〈오늘의 긍정선언〉

나는 두려움을 극복하고 내가 원하는 것을 끝까지 이룰 수 있다.

〈감사일기〉

1. 이불을 박차고 나와 차를 마시며 1일 노트를 쓰고 있음에 감사
   합니다.
2. 10분 글쓰기 후 이슬아 작가의 세바시 영상을 만날 수 있어 감
   사합니다.
3. 옆집 이모와 통화하는데 공항에서 택시를 오래 기다려 연이가
   감기 걸렸다 말하니, 다음부터는 데리러 갈 테니 꼭 전화하라고
   말해 줘서 감사합니다.
4. 버스를 타고 이동한 덕분에 책을 읽을 수 있어 감사합니다.
5. 아들이 "엄마 저 이제부터 제대로 공부할 거예요."라고 말해서
   감사합니다.

〈오늘 할 일〉

10분 글쓰기

글 두 꼭지 쓰기

아이들과 서점 가기

*긍정선언문+감사일기

쓸모 있는 글쓰기 Tip 4
나의 일 년을 보듬는 '한 해 일기*' 글감

결과에 상관없이 최선을 다해 한 해를 잘 살아 내셨죠? ○○살의
나를 잘 보내 주고, 새로운 해를 맞이하는 것도 귀한 내 삶에 대한
예의라고 생각해요.

아래 제시한 주제로 매일 10분씩 가볍게 써 보세요.

예를 들어 '올해 내가 해 낸 일 10가지'를 쓰다 보면, 글을 마칠 때
쯤 자연스레 내년에 하고 싶은 일들이 생각날 거예요. 그럼 노트
귀퉁이에 또 기록하는 거죠. 이런 자투리 생각들이 모여 다음 해
계획을 세울 때 밑거름이 되거든요.

day 1 : 올해 내가 해 낸 일 10가지

day 2 : 올해 내가 가장 잘한 일

day 3 : 올해의 나를 한 문장으로 표현하기

　　　　직업 / 배우자 / 건강 / 안식처 / 두려움 / 열정 / 장점 /

　　　　단점 / 좋은 습관 / 나쁜 습관

day 4 : 올해 나의 키워드 3가지

day 5 : 올해 나를 웃게 한 것들

day 6 : 올해 가장 힘들었던 일

day 7 : 올해의 소중한 인연과 불필요한 인연

day 8 : 올해 나의 책 3권

day 9 : 올해 나의 플레이리스트

day 10 : 올해 생각만 해도 웃기는 일

day 11 : 올해 나는 어떤 엄마였을까? (아빠였을까?)

day 12 : 올해 나는 부모님에게 어떤 자식이었을까?

day 13 : 올해 나의 경제 상황은?

day 14 : 00살을 앞둔 나의 외모는?

day 15 : 올해 나에게 보내는 편지

day 16 : 내년 드림 리스트 (최소 10개 쓰기)

day 17 : 내년 나의 one - word

day 18 : 내년에 이 습관만은 반드시 고치기

day 19 : 내년에 지속적으로 기록하고 싶은 한 가지

day 20 : 내년 12월 31일을 맞이한 나에게 편지 쓰기

* 올해 돌아보기 + 내년 계획 세우기

chapter 3

글을 쓰다

인생 2막,
평생 할 일을 찾았다
; 쓰기

나는 호기심은 많은데 싫증도 잘 낸다. 성인이 되어 여행은 물론이고 바느질, 사진 찍기, 칵테일 조주, 스쿠버 다이빙 등 다양하게 시도했다. 하지만 이 시간들은 내게 경험을 준 한 때의 취미였을 뿐, '나와 동일시할 만한 것'은 아니었다. 퇴사 후 지난 일 년, 인생 2막을 준비해 보겠다며 내가 누구인지, 무엇을 정말 좋아하는지 찾고자 마음먹었다. 내가 꾸준히 평생 할 수 있는 걸 찾아 20-30대의 나처럼 열정을 다시 한 번 쏟고 싶었다.

시작은 온라인 SNS 마케팅 수업이었다. 1월, 앞으로 무엇을 하든 온라인 마케팅은 쓰일 거란 생각에 배우기 시작했다. 마케팅 이론과 함께 블로그, 유튜브, 인스타그램, 페이스북 등 SNS 매체를 전부 배우는 과정이었다. 무엇이든 끄적이고 기록 남기길 좋아하는 나는 블로그만큼은 반드시 꾸준히 하겠다고 작심했다. 처음에는 블로그에 아이들과 제주살이의 소소한 일상을 올렸다. 내가 좋아하는 책들에 대한 리뷰도 썼다. 좀 더 시간이 흘러 삶에 대해서도 가끔 풀어 보았다. 나는 늘 생각이 많았기에 글로 배출해 보니 뭔가 후련하고 정리되는 느낌이 들었다. 블로그 이웃들의 얼굴을 한 번도 본 적은 없지만, 서로의 글에 공감하고 글로 소통하는 시간도 꽤나 즐거웠다. 혼자 쓰고 보는 일기와는 또 다른 즐거움이었다. 블로그 이웃과의 소통은 집과 회사만 알던 내게 처음 만나는 다른 세상, 네버랜드였다. 온라인 세상에선 다들 자신의 꿈을 향해 자기만의 방식으로 길을 걷고 있었다. 나는 하나씩 다른 것을 경험해 보기 시작했다.

블로그 이웃이 하는 프로그램에 참여해 아이에게 엄마표 영어를 해 보겠다며 8개월간 완주했다. 에어비앤비, 셰어하우스, 건축 등 돈이 되는 공부도 블로그 이웃으로부터 배웠다. 블로그 체험단으로 생활비 100만 원 정도는 거뜬히 아끼며 제주도 구석구석을 여행할 수 있어 '꿩 먹고 알 먹고'였다. 내 생애 처음 독서모임도 참여해 보았다. 집에 앉아서도 책에 대해 서로의 생각을 나눌 수 있다는 게 그저 신기하고 감사했다. 소설과 에세이, 육아서만 읽던 내가 자기계발서와 경제 서적을 접하며, 사람은 반드시 꿈이 있어야 함을 깨달았다. 올빼미 DNA인 내가 미라클 모닝 모임에도 참여했다. 새벽에 일어나 명상을 하고 감사일기도 쓰며, 나만의 루틴으로 매일 아침을 열었다. 자녀교육과 자기 성장에 대한 강의도 넘쳐 이것저것 배우기 좋아하는 내게 딱이었다. 이외에도 기회가 닿는 대로 운명처럼 내 꿈을 찾고 싶어 나를 이리저리 부딪혀 보았다. 온라인 세상에서 소통하며 혼자보단 여럿이 '으샤으샤' 함께해야 오래 가고 끝까지 할 수 있다는 인생의 큰 가르침도 얻었다.

자기계발서에서 자주 언급되기를 '할 수 있다 마음먹고, 꿈을 꾸고, 기록의 힘을 믿어라.'라고 했다. 잠룡의 심정으로 매일의 나를 기록하며 자기계발을 했지만, 나를 믿고 계속 나아 가는 게 말처럼 쉽지 않았다. 하루에도 몇 번씩 롤러코스터 타는 감정들. 온라인 세계에서는 나만 빼고 다 성장하는 거 같고, 나만 빼고 다 꿈을 찾은 듯했다. 어떻게든 빨리 일어서야 한다는 중압감에 때론 나만 외딴 섬인가 싶고, 내 길은 도대체 언제 보이나 싶어 불안했다. 불안함이 들 때마다 그때의 상황과 감정을 글로 쓰고 또 써 나갔다. 그렇게 일 년여를 써 보니, 나는 말보다는 글이 편한 사람임을 알게 되었다. 늦가을 즈음 내 일기장에는 이런 문장이 적혀 있었다.

외출하고 있는 내내 글이 너무 쓰고 싶었다.

뭔가 뒤죽박죽 정리되지 않은 이 기분을 내치고 싶다.

글 쓰는 것을 좋아하는 나여서, 남이 힘들어 하는 것을 전혀 힘들어 하지 않아서, 오히려 쓸 때 즐거워서 참 다행이다.

나를 위한 글쓰기 시간을 확보하자.

나는 어느새 책으로 사람의 말을 듣고, 글로 나의 말을 하고 있었다. 지독히도 외롭던 제주살이의 어느 시점과는 달리, 어른 사람의 수다도 그리 많이 필요치 않게 되었다.

일 년 후 드디어 불안의 마침표를 찍었다. 바로 글쓰기를 내

평생 친구로 삼고 싶어졌다. 일기장에 다짐을 적던 그날의 기억이 아직도 생생하다. 나는 쓰는 게 자연스러운 사람이었는데 그걸 미처 깨닫지 못했다. 돌이켜 보면 내게 있어 쓰기란 습관이었고, 그냥 밥 먹는 거 혹은 숨쉬기 같은 일상이었다. 펜과 수첩은 나의 분신과도 같고, 일기를 30년째 쓰고 있고, 마흔이 넘은 지금까지도 손 편지에 가슴 설레고, 아이가 하는 예쁜 말을 놓치고 싶지 않아 늘 메모한다. 지난 일 년, 나를 치열하게 탐구한 시간이 쓰기를 평생 가져 갈 수 있는 사람으로 만들었다. 글을 쓰는 여정이 나를 어디로 데려갈지 모른다. 지치지 않고 꾸준히 그리고 즐겁게 할 수 있는 무언가를 발견했다는 것만으로도 올레!

손으로 읽고
마음으로 답하다
; 필사

예전 다니던 직장 상사는 필사로 하루를 시작했다. 매일 아침 사무실에서 펜을 들고 A4 종이 한 장을 꽉 채웠다. 필사한 것을 묶어 정기적으로 책도 만들었다. 그분은 사석에서 쓰기와 기록의 중요성을 자주 강조했다. 예를 들면 점심시간에 누구와 어떤 음식을 먹었는지, 오늘 읽은 책을 메모해 놓는다든지 같은 사소한 것들도 포함했다. 필사라는 단어도 몰라 상사에게 책 베껴 쓰기를 왜 하냐고 물었다. 아침마다 마음을 정리하기 위함이라고 했다. 당시에는 매일 책을 따라 쓰는 상사가 그저 대단하다고만 생각했다.

내가 본격적으로 필사를 시작한 건 회사를 그만둘 즈음이었다. 묵묵히 일만 하는데 미련하다는 취급을 받았다. 사람 때문에 힘들기는 처음이었다. 당시 나에겐 일이 전부였기에 퇴사하면 100% 후회할 건 뻔했다. 정공으로 일하길 좋아하는데 얄팍하게 구는 사람들 앞에선 내 자존심이 버텨 낼 재간이 없었다. 상담도 받아 보고 여행도 다녀왔지만 어떤 방식으로도 마음이 정리되지 않았다. 그때 찾은 마지막 방법이 필사였다. 처음에는 퇴사와 관련되거나 마음을 다스릴 수 있는 책을 닥치는 대로 읽었다. 힘이 들면 늘 책에서 지혜를 구하곤 했지만, 마음이 심란하니 글자도 눈에 들어오지 않았다. 불현듯 상사가 말했던 '필사'가 생각났다.

처음으로 책 한 권을 필사했다. 법륜스님의 《행복한 출근길》

이 시작이었다. 그냥 계속 따라 썼다. 어지러운 마음이니 글씨도 거칠었다. 책을 따라 쓸 때마다 내게 물었다. '그만둬도 괜찮아? 잘 살아갈 수 있니?' 밤마다 거실 테이블에 앉아 팔이 아프도록 썼다. 매일 A4 용지 몇 장을 깨알 같은 글씨로 가득 채웠다. 아마도 답을 찾지 못하는 답답함에 대한 몸부림이 아니었을까? 밤늦도록 마음을 갈고 닦아 회사에 나가서는 아무 일 없는 듯 일하고 밥을 먹었다. 하루하루 써 나가다 보니 책 내용도 눈에 들어오고, 내 머릿속도 정리가 되기 시작했다. 한 자, 한 자 꾹꾹 눌러 쓰며 내면의 나와 소통하는 시간을 가졌다. 한 달간 몇 권의 책을 필사한 후 사직서를 썼다. 내 인생의 주인으로 살리라 마음먹었다. 퇴사를 만류하는 주변의 어떤 말에도 휘둘리지 않았다.

이렇게 당시 허우적거리던 나를 건져 준 건 필사였다. 필사의 깊은 맛을 알았기에 일 년에 두세 권씩 꼭 필사를 한다. 책과 한 몸이 되는 것은 물론 한 문장 한 문장 쓰는 행위 자체가 나를 정화시킨다. 한 권을 필사했을 때 해 냈다는 자신감도 만만치 않다. 평소 책을 읽으며 몸으로 새기고 싶은 책은 필사 목록에 올려 둔다. 책을 쓰는 지금도 닮고 싶은 문체가 있어 애중하던 책을 매일 한 챕터씩 필사하고 있다. 필사로만 끝나지 않고 하단에 내 생각도 반드시 글로 남긴다. 몇 줄일 때도, 한 장을 가득 채울 때도 있다. 책 읽기도 결국 나와의 대화다. 같은 책을 읽어도 느끼는 건 사람마다 다르다. 필사는 손으로 읽고 마음으로 답하는 행위다. 내가 책을 읽으며 밑줄을 치거나 필사하는 문장은 내 마음이 반응하는 구간이다. 필사하는 시간만큼은 온전히 나를 돌아보고 나를 만난다. 책 한 권을 온전히 내 것으로 만드는 데는 필사만 한 게 없다.

《더 해빙》을 50일 동안 필사하고 마지막 날 소감을 적은 것이다.

> '더 해빙'을 다섯 번 읽었을 때 인생필사(필사 모임)에서 '더 해빙'을 필사할 거라는 소식을 들었다. 여러 번 읽은 책이기에 새로운 것을 만날 수 있을까라는 기대는 크지 않았다.
>
> 마지막 필사를 한 오늘, 매일 해빙의 기운을 받으며 지내온 한 달 넘는 시간이 나를 해빙의 문턱까지 데려 놓았다. 필사를 하며 한 문장 한 문장 곱씹고 나서야 진정한 해빙을 느낀다. 역시 필사가 답이다!! 느리게 읽는 책 맛! 나는 지금 Having 하고 있다.

필사는 처음이 어렵지 한 번 시작하면 찾아다니는 맛집처럼 중독될지도 모른다.

메모가 습관이 되면
좋은 글이 된다

; 메모하기

"언니 혹시 글 쓰세요?"

숲을 함께 걷던 지인이 물었다. 갑자기 그건 왜 묻냐고 했더니 숲을 몇 번 동행하며 지켜봤는데 내 행동이 자신의 소설가 친구와 비슷하다고 했다. 당시는 개인적인 이야기를 하지 않던 때라 적잖이 놀랐다. 어딜 함께 가면 가다 서다를 반복하며 항상 사진 찍고, 세세하게 관찰하고, 무엇보다 끊임없이 휴대전화에 메모하는 모습이 완전 똑같다고 했다. 매번 많은 경험을 시도하는 것도 자신의 친구와 별반 다르지 않다고 말했다.

나는 어떤 생각이 머리를 스칠 때마다 무조건 메모를 한다. 기억력이 워낙 좋지 않기도 하고, 방심하는 찰나 생각이 날아가는 걸 수없이 경험했다. 나의 메모 습관은 글을 쓰며 더 심해졌다. 글감 발굴도 마찬가지다. 눈을 뜨고 감을 때까지, 내가 바라보고 경험하는 모든 게 글감이 되는지라 글의 초안이나 제목, 영감을 준 순간 등을 잊지 않으려 입으로 되뇌며 바로 메모한다. 사람과 함께 있을 때는 잠깐 양해를 구하고 중요한 단어 몇 개만이라도 적어 놓는다. 나중에 정리할 때 단어만 보아도 당시의 생각이 떠오른다. 아차 하면 잊힌다. 때는 이미 늦었고 후회해도 절대 생각나지 않는다.

메모는 퇴고할 때도 큰 도움이 된다. 퇴고를 마치지 못한 글은 늘 머릿속에서 맴돈다. 다른 일을 하면서도 어떤 에피소드를 넣으면 좋을지, 내가 말하려는 핵심 메시지는 무엇인지, 미묘하게 계속 신경 쓰이는 건 어떻게 해결할지. 글을 쓰지 않으며 보내는 무심한 일상에도 마치 글을 쓰는 것처럼 느껴진다. 집 앞 바다를 산책하거나 운전하다 좋은 생각이 번뜩일 때가 있다. 휴대전화 화면 위에 쓰거나 음성으로 바로 녹음한다. 밤에 불을 끄고 누웠다가도 오래도록 풀리지 않던 글의 아이디어가 떠오르면 나에게 메시지를 보내 놓는다. 단어, 문장 혹은 한 문단까지 쓰기도 한다. 순간순간 기록해 둔 메모 덕분에 생각이 구체화되고 농익어 글을 마무리하게 된다. 이런 식으로 막혀 있던 글이 순식간에 풀리는 경험이 쌓여 요즘은 글을 쓰며 오히려 여유를 갖게 되었다.

가끔 사람들이 메모 잘하는 방법을 묻는다. 메모 잘하는 법은 정말 특별한 게 없다. 왕도가 없다는 말이다. 머릿속에 떠오른 생각을 그 자리에서 바로 기록하는 수밖에 없다. 작게라도 습관으로 만들어야 한다. '기억해 둬야지'는 황금 같은 아이디어를 먼지처럼 날려 보낼 뿐이다. 휴대가 간편한 수첩이나 휴대전화 등 자신에게 맞는 메모 도구를 찾는다. 처음에는 부담 없이 마구잡이로 일단 적는다. 대신 메모한 내용은 주기적으로 들여다보며 간단히 정리하는 시간을 갖는다.

나는 외출할 때 립스틱은 안 챙겨도 펜과 수첩은 반드시 챙
긴다. 수첩이 없을 때는 냅킨, 껌 종이, 이면지 등에 메모를
하고 챙겨 온다. 예전에 비행기에서 펜을 꺼낼 수 없어 립스
틱과 아이라이너로 책에 줄을 치고 메모한 적도 있다. 요즘
은 수첩과 함께 휴대전화 메모장도 활용한다. 스마트폰 홈
화면에 최근 메모가 항상 떠 있어, 언제든지 메모 가능한 환
경으로 세팅되어 있다. 카카오톡 내게 보내는 메시지 기능도
많이 활용한다. 글뿐만 아니라 사진으로도 저장하고 메모한다.

제목 : 메모

자투리 시간에 늘 메모한다. 요즘의 메모는 어떨까.

글을 쓰면서는 어떻게 글을 쓸까, 이 주제는 어떻게 써 볼까, 그
때 썼던 글은 어떻게 고칠까, 오며 가며 내내 생각하고 번뜩이면
휴대전화 메모장에 얼른 적는다. 아님 이면지나 책 뒷면 등 아무
데나 적는다. 방심하는 사이 나의 생각은 저 멀리 달아나 버린다.
메모들이 나의 글감이 되기도 한다.

책을 읽었을 때 떠오르는 생각들은 책 여백 한편에 바로 메모한
다. 어차피 책을 읽는 목적은 나의 생각을 바꾸거나 알기 위한 거
아닌가.

때론 메모를 하다 어떤 글의 초고가 되는 경우도 있다.

내가 이토록 메모를 하는 이유는 생각의 끈을 놓지 않기 위

해서다. 최소한 글을 쓸 때만큼은 순간을 부여잡아야 한다. 그리고 메모 습관을 가졌다면, 이미 베테랑 보조작가를 둔 거나 마찬가지다.

실제 앞서 보여 준 예시는 이 글의 초석이 된 메모이다. 지금 이 글을 쓰면서도 A4 종이를 옆에 두고 떠오르는 문장이나 내용을 메모하고 있다. 나는 수많은 메모를 일목요연하게 잘 정리하지는 못한다. 그래도 닥치는 대로 여기저기 써 놓은 메모가 이 책의 큰 밑거름이 되었다.

부담 없이 마구잡이로 짧게라도 적어 보자. 메모가 습관이 되는 순간 글을 쓰고 있는 나를 발견할 것이다.

인생을 배우는
글 수다

; 글쓰기 교실

벚꽃이 피기 시작할 무렵, '그녀들의 글 수다'라는 글쓰기 프
로그램에 참여하게 되었다. 글을 써 보고 싶은 마음이 있었
는데 간절히 구하니 운명처럼 길이 열렸다. 《엄마의 주례사》
책을 머리맡에 두고 늘 삶의 지혜를 배우곤 했는데, 그 작가
님의 강의를 듣는다는 건 밤잠을 설칠 만한 일이었다.

아직도 첫 수업이 기억에 생생하다. 글을 왜 배우러 왔냐는
질문에 '글쓰기를 통해 나를 알고 싶다'라고 답했다. 우연
인지 필연인지 선생님의 첫 수업 내용도 '나는 어떤 사람인
가?'였고, 나를 찾아가는 질문도 몇 가지 있었다. 선생님은
글을 쓰는 것은 결국 나를 찾아가는 여정이고, 나를 잘 알아
야 글도 잘 쓸 수 있다고 말씀하셨다. 10대부터 늘 무엇이든
끄적여 왔지만 이 수업을 통해 내가 누구인지 알게 되리라고
확신했다.

수업 첫날 '글쓰기를 배운 일 년 후 나의 모습은?'이라는 질
문에 쓴 답이다.

　　내가 누구인지 알고 나 찾기를 완성했다. 내면에 있는 나를 발견
　　하고, 마주하고, 나의 묵은 감정들은 다 사라졌다. 사십춘기도 잘
　　보내 줬고, 내 인생 2막을 위해 힘차게 발걸음을 떼고 있다.

딱 일 년이 지난 후, 첫 수업에서 썼던 글이 마치 예언처럼 다 이루어졌다. 글쓰기를 통해 나를 알고 싶다고 했는데 그 답을 찾았고, 내가 원하는 쓰는 사람이 되는 삶을 살 수 있게 되었다. 또한 그동안 열심히 산 나를 보듬고 묵은 감정도 풀어내며 안정적으로 사십춘기도 잘 보냈다. 매일 글을 썼기에 '나를 찾는 10분 글쓰기' 프로젝트도 운영하게 되었고, '쓰기'라는 주제를 찾아 책도 쓰며 인생 2막을 걷는 중이다.

요즘 글쓰기와 책 쓰기를 알려 주는 강의가 넘쳐 난다. 하지만 내가 들은 글쓰기 수업은 단순히 글을 잘 쓰는 방법만을 가르치지 않았다. 나를 알게 하고 꿈을 찾게 동기부여를 해 주었다. 지극히 평범한 엄마도 작가가 될 수 있다는 꿈을 심어 주었다. 선생님은 수업 전 글쓰기와 육아를 병행하는 엄마들의 고민을 들어 줬다. 아침밥 못 먹고 오는 엄마들에게 따뜻한 커피 한 잔과 간식도 잊지 않는다. 이 수업을 '인생을 배우는 글쓰기'라고 부르는 데는 다 이유가 있다.

평소에 나는 글은 배우는 게 아니라고 생각했다. 글쓰기 교실 문을 두드릴 때도 글 잘 쓰는 법이 아닌, 나를 찾고 싶어 시작한 거였다. 일 년이 지난 지금은 글이 쓰고 싶다면, 작가가 되고 싶다면 글쓰기 수업에 꼭 참여하라고 사람들에게 권한다. 글쓰기 실력이 느는 것은 당연하고 인생을 배우는 장이 되기 때문이다. 수업 방식이 자신의 성향에 맞고, 빨간펜보다는 파란펜 코칭, 인생 멘토가 되어 주는 선생님을 만난다면 최고다. 또 글쓰기 교실에는 함께 으샤으샤 하는 글동무도 만날 수 있다. 혼자 쓰면 외로운 길도 연대하면 더 멀리나아갈 수 있다. 멤버들과 나는 서로의 글을 읽으며 설레고, 웃고, 울었다. 일 년 동안 연애하듯 설레는 마음으로 선생님 댁을 드나들었다. 난 지금 이곳 작업실에서 이 책의 원고를 마무리하고 있다. 내 인생 최고의 봄날이다!

일기 쓰기는 쉬웠는데
글쓰기는 왜 이렇게
어렵지?

; 글쓰기

내가 누구인지 알고 싶어 글쓰기 수업을 찾았다.

"글쓰기가 두렵지 않은 사람 있나요?"

선생님이 두 번째 글쓰기 수업 때 물으셨다. 아무 생각 없이 손을 들었다.

"나는 글쓰기가 두렵지 않다는 사람은 처음 봤어요."

선생님 눈동자가 동그래졌다. 둘러보니 나만 손을 들고 있었다. 글쓰기는 타고나는 거지 배우고 갈고닦는 게 아니라고 생각했다. 그런 내가 글쓰기의 'ㄱ'자도 모르는 사람임을 깨닫는 데는 그리 오랜 시간이 걸리지 않았다. 그때는 몰랐다. 내가 얼마나 겁 없고 글에 대해 무지한 사람인지. 일기를 글쓰기라고 착각한 오랜 날들이 부끄러웠다.

글쓰기를 배우며 매일 글을 썼지만 전혀 힘들지 않았다. 어느 시점이 되니 선생님이 글을 수정해 제출하라고 말씀하셨다. 작성한 글을 크게 소리 내어 읽고 문단도 정확히 나누고 중언부언하지 말라고 하셨다. 당시 나는 '글을 왜 고치지?'라며 의아했다. 세상의 모든 책은 작가가 그냥 단번에 쓴 글을 엮는 줄 알았다. 그러다 퇴고를 알았다.(정말 글쓰기에 얼마나 무지했던 사람이었는지 부끄럽다. 회사에서 보고서는 그렇게 고쳤으면서 왜 글을 고친다는 생각을 못 한 건지!) 나쁜 글의 기준을 배우니 온통 내 이야기였다. 머리에서 완벽히 이해가 되어야 수정이 가능한 전형적인 이과생이었던 나는 집으로 돌아와 선생님과 글동무들이 해 준 말을 곱씹었다.

'내 의식의 흐름대로 쓴 글이 왜 어색하다는 건지. 이 글에 반드시 있어야 하는 문장 같은데 왜 빼라고 하지?'

'설명하지 말고 그리듯 보여 주라고?'

'수학처럼 글쓰기 기술 공식이 있다면 바로 적용할 텐데.'

답답한 날들을 위로하며 꾸역꾸역 글을 썼다.

"독자는 그게 궁금하지 않아요."

"독자에게 무슨 말이 하고 싶은 거죠?"

수업 내내 듣는 그놈의 '독자'는 대체 무엇인가. 무언가 쓰기를 한 번도 주저한 적 없는데 독자 모드를 알게 된 이후 혼란스러웠다. 글이라는 것은 남이 읽는 글이기에 나보다는 읽는 사람을 고려하라고 했다. 잘 쓰려는 욕심은 원래 없었고 여태껏 내가 쓰고 싶은 대로 썼고 쓸거리는 넘쳐 났다. 그런 내가 처음으로 쓰기를 주저했다.

'내 글의 흐름이 이상한가?'

'잘난 척하는 느낌은 아닐까?'

'남에게 불편한 기분을 주지 않을까?'

그러는 사이 퇴고를 마치지 못한 글들이 쌓여만 갔다. '내가 좋아하는 글'과 '독자가 좋아하는 글' 사이에서 오래도록 고민하는 내가 있었다.

어느 날부턴가 글을 쓰기로 마음먹은 이상 나 혼자 읽는 일기가 아닌 모두가 읽는 언어로 바꾸어야 함을 깨달았다. 이후 여전히 어렵지만 독자에게 다가가려 노력 중이다. 이제는 몇 번이고 소리 내어 읽으며 문단을 위아래로 바꾸어 보고 글이 늘어지진 않는지, 불필요한 문장은 없는지, 단어는 제대로 쓴 게 맞는지 사전을 찾게 되었다. 초고를 오래도록 묵힌 다음, 독자의 마음을 움직이는 한 문장을 남기기 위해 오늘도 몇 번을 지웠다 썼다 반복했다.

글쓰기를 알려 주는 책에서 빠지지 않는 메시지는 '나를 드러내라'였다. 나는 늘 반듯해 보이길 원하고 속내를 잘 말하지 않았기에 이 부분이 가장 어려웠다. 전날 남편과 아무리 지지고 볶고 싸워도, 애가 열이 40도까지 올라도, 집에 큰일이 있어도 회사에 출근하면 아무 일도 없는 사람이 되었다. 내가 에세이를 좋아하는 이유는 나와 같은 생각을 하는 작가를 만났을 때의 기쁨 때문이다. 구구절절 작가가 드러낸 이야기에 가슴 아려하며 받은 위로 덕분 아니던가. 그런 내가 정작 글을 쓸 때는 나를 드러내고 발가벗겨지는 것을 두려워했다. 깊은 고민이 있었다. 나의 깊은 이야기는 글로 성숙한 뒤에 꺼내고, 그저 지금의 내 삶을 이야기하면 되겠다 싶었다. 글쓰기도 단계와 때가 있다고 믿는다. 그래도 마음의 문을 열고 좀 더 독자에게 다가가기 위해 SNS로 조금씩 나를 드러내고 있다.

이토록 힘들고 불편한 과정을 수반함에도 나는 왜 글이 쓰고 싶을까? 나만의 해우소가 필요하거나 나를 알고 싶다면 혼자 쓰는 일기로 충분하다. 글을 계속 쓰며 곰곰이 생각해 보니 다른 사람에게 나의 이야기를 나누고 싶어 한다는 것을 알았다. 내가 다른 작가의 글에서 공감과 위로를 얻었던 것처럼 나와 같은 경험을 하고 마음을 가진 독자가 꼭 어딘가에 있으리라 믿는다. 이 책이 누군가 한 명의 마음이라도 위로하고 움직일 수 있다면 진정 좋겠다. 글로 하는 소통이라니 생각만 해도 설렌다. 어느 책의 제목처럼 '끝까지 쓰는 용기'를 보여줄 테다.

나를 찾아가는
10분 글쓰기

; 프리라이팅

글동무 몇 명과 함께 '프리라이팅'을 시작했다. 프리라이팅은 문법, 맞춤법, 글의 흐름 따위는 던져 버리고 오로지 자신에게 집중해서 쓰는 글쓰기이다. 글쓰기 실력과는 아무 상관없다. 그저 의식의 흐름대로 쓰기만 하면 된다. 글동무들이 돌아가며 매일 글쓰기 주제를 선정했다. 프리라이팅을 시작한 지 한 달이 지나니 그동안의 글 속에서 내가 보였다. 과거와 현재뿐 아니라 미래의 나까지도 그려졌다. 내가 버리지 못한 미련, 어릴 적 따뜻했던 기억, 지금 좋아하는 것과 싫어하는 것, 현재의 고민거리, 미래에 바라는 삶까지 보였다. 한 주제를 가지고 다른 글동무들의 글을 보며 나누는 생각도 좋았다. 글을 통한 또 다른 경험이었다.

한 주 내내 글동무와의 프리라이팅 시간이 기다려졌다. 보통 자유 주제로 글을 쓰면 내 틀 속에서만 쓰게 된다. 그런데 친구들이 제시하는 주제의 글을 쓰며 전혀 다른 나를 발견한다. 제한된 시간 내에 쓰다 보니 뜻밖의 생각과 잊었던 기억이 떠오르고, 글은 꼬리에 꼬리를 물고 이어졌다. 매일 쓰니 머리도 말랑해지고 글쓰기 근육이 붙는 건 당연했다. 나는 매일 프리라이팅을 하며 쓰는 행위도 좋았지만, '오늘은 내 안의 어떤 나를 만날까'라는 기대가 컸다. 하지만 애정하던 모임은 각자의 사정으로 그리 오래 가지 못했다. 이후 혼자서 프리라이팅을 해 보았지만 생각보다 잘 되지 않았다.

나는 글쓰기, 책 쓰기와 별도로 무의식이 이끄는 나와 마주하길 갈망했다.

다시 이어 갈 방법을 고심한 끝에 프리라이팅 온라인 글쓰기 모임을 만들었다. 내가 만들었으니 어떻게든 매일 써 내겠다 싶었다. 평소 내가 무언가를 할 때 꾸준함이 부족하다는 걸 알기에 시스템 안에 나를 가두기로 한 것이다. SNS에서 '나를 찾는 10분 글쓰기'란 제목으로 글 친구들을 모집했다. 누구 한 명이라도 신청하면 무조건 하겠다는 각오였는데 예상보다 많은 사람들이 참여했다. 글쓰기가 처음인 사람뿐만 아니라 글을 꾸준히 쓰는 사람들도 모였다. 써 보고 싶고 혹은 어떻게든 써 내고 말겠다는 그들의 쓰기에 대한 열정. 나를 진정 만나고 싶어 하는 참여자들의 간절한 마음도 읽을 수 있었다. 참여자의 대부분은 나 같은 30~40대 엄마였다. 어떻게 하면 엄마들이 잊고 있던, 인식조차 하지 않던 나를 만날 수 있을까. 나는 주제 선정에 특히 심혈을 기울였다.

많은 사람이 자신과 만나고 싶다며 프로젝트 문을 두드렸다. 오랜 기간 프로젝트에 꾸준히 참여한 이들의 변화는 놀라웠다. 종이만 봐도 두근거린다는 참가자는 프로젝트를 잠시 쉬는 기간에도 매일 썼다. 또 다른 참가자는 매일 나와 만나더니 다른 글도 이제 쓸 수 있겠다며 용기를 냈다. 처음에는 부정적인 언어로 10분을 채우던 참가자가 어느 순간 희망의 글로 자신을 응원하고 있었다.

- 매일 글쓰기 10분, 하루 24시간 중 가장 가치 있게 쓴 시간이라고 느껴요.
- '글쓰기 안 하는 사람들은 마음속 찌꺼기를 어떻게 해소할까?' 라는 생각이 들어요.
- 나의 몸과 마음을 다스리는 데 가장 좋은 방법이 글쓰기에요.
- 글을 쓰며 머릿속을 떠돌던 생각들이 정리되고, 새로운 아이디어로 확장되는 마법을 경험했어요.
- 눈치 볼 거 없이 그냥 쓰기, 내가 몰랐던 내 마음 알아보기, 이보다 좋은 치유가 있을까요?
- 한 글자도 못 쓰던 제가 매일 한 페이지를 채우고, 어려운 줄만 알았던 글쓰기가 결코 어려운 일이 아님을 알게 되었어요.

무의식이 이끄는 나와 글로 만나는 10분이 쌓여, 과거의 나를 보듬고 현재의 나를 만나며 미래의 나를 그리게 된다. 종이 위로 자기 안의 이야기를 꺼내 쓴다는 거 자체가 용기 내어 나를 마주하고 치유하는 길이다. 나도 알지 못하는 내 안의 나를 만나는 시간이다. 이 책을 읽는 모든 이들에게 가장 추천하는 건 글쓰기다. 매일 10분의 글쓰기가 나와 우리를 어디로 데려갈지 아무도 모른다. 하지만 분명 쓰기 전과는 다른 세계가 열릴 거라고 확신한다. 또한 어느 시점에 다다르면 매일 10분의 기록물이 나의 '인생 포트폴리오'가 되어 있을 것이다.

마음에 쏙 드는 펜과 노트, 나를 솔직하게 마주할 마음만 준비하자. 종이는 나의 마음을 가장 오해 없이 잘 들어주는 깨끗한 친구이다.

내가 프로젝트를 시작할 때마다 하는 말이다.

"쓰는 대로 살게 되는 마법을 믿으세요."

바닥까지
나를 드러낸 첫 경험

; 공모전

주말 밤 10시, 온 가족이 숟가락을 하나씩 들고 둘러앉았다. 늦은 시간이지만 식탁 위에는 아이스크림 '투게더'가 놓였다. 내 생애 첫 공모전 도전을 기념하기 위한 나만 아는 시크릿 쫑파티를 열었다. 글을 배운 지 한 달 남짓 됐을 때 글쓰기 교실에서 경험 삼아 에세이 공모전을 도전해 보라고 권유했다. 주제는 '지금도 잊히지 않는 실수'였다. 덤벙과 꼼꼼을 냉탕과 온탕처럼 넘나드는 성격이니, 말 못 할 실수는 수도 없이 많았다. 공모전 주제를 듣자마자 내 몸 저 깊은 곳에서 스멀스멀 올라오는 게 있었다. 다음 수업 때까지 초안을 써 보라 했지만 차마 그 일을 글로 꺼낼 용기가 없었다. 일주일 내내 다른 실수를 떠올리려 했지만, 나의 마음을 불편하게 만드는 실수는 그것뿐이었다.

카페에 앉아 책을 읽다 말고 진열대에 놓인 습자지 한 장을 가져왔다. 한 번도 펜을 놓지 않고 한 시간 남짓 써 내려갔다. 공모전 주제에 대한 고민으로 곪을 만큼 곪았더니, 부끄러운 나를 감당할 수 있는 용기가 생겼다.

어릴 적 우리 집은 슈퍼마켓을 했다. 투게더가 너무 먹고 싶어 아이스크림 냉동고에서 부모님 몰래 꺼내 먹은 적이 있다. 그 일은 문제가 꽤 커졌는데, 나는 끝까지 시치미를 뗐다. 양심적으로 살았다고 자부하는 나에게 잊히지 않는 실수정도가 아니었다. 아예 내 머릿속에서 지우고 싶은 가장 부끄러운 치부였다. 내 몸속 내핵에 꽁꽁 숨겨 둔 그 녀석은 세상 밖으로 나오고 싶었나 보다. 글을 쓰는데 머리가 손보다 더 빨리 움직였다. 그렇게 가득 채워진 종이를 보고 있으니 허무한 생각이 들었다.

'이게 뭐라고 투게더를 먹을 때마다 나를 불편하게 했을까?' 카페에서 집으로 돌아오는 길에 투게더 한 통을 샀다. 투게더를 옆에 둔 채, 습자지에 갈겨 쓴 글을 컴퓨터에 옮기기 시작했다. 타이핑하는 내내 가슴이 쭉 펴지질 않았다. 무덤까지 가져가려 했던 나의 치부를 다른 사람들 앞에서 공개해야 한다 생각하니 초안을 마칠 때까지 '그래! 결심했어.'의 두 버전이 끊임없이 나를 괴롭혔다.

'그냥 제출하지 말까?' vs '괜찮아! 지금이 기회야.'

글을 쓰고 계속 고치며 부끄러운 기억을 끄집어내는 일이 힘들었다. 신기하게도 시간이 흐를수록 불편했던 마음은 조금씩 편안해졌다. 나는 공모전 준비 과정을 즐겨 보기로 했다. 책상에 앉을 때마다 투게더는 늘 내 옆을 지켰다. 추억의 시엠송 '엄마도 아빠도 함께 투게더 투게더~'는 글 쓰는 내내 배경음악이 되었다. 투게더는 점점 불편한 대상이 아닌 가족의 사랑처럼 느껴졌다.

제출일이 다가올수록 과거의 기억을 부끄러워하는 '어른의 나'가 아닌, 그 시절 투게더를 먹고 싶어 하던 '아이의 나'가 자꾸 떠올랐다. 그때의 내 나이쯤 되는 아들이 그랬다면 내 마음은 어땠을까? 너무 먹고 싶어 선을 넘어 버린 아들의 마음이 십분 그려져 가슴이 아렸다. 제출 당일 마지막 문단을 수정하는데 한 아이의 엄마가 된 지금의 시선에서 바라보니, 그때의 딸이었던 내가 애달파서 눈물이 났다. 투게더 시엠송을 들으며 마지막 문장의 마침표를 찍었다. 눈가에 눈물이 맺혔지만 입은 미소를 띠고 있었다. 내 안의 부끄러움을 어떻게 글로 풀어낼까 수없이 고민하던 과정이 있었다. 내 생애 첫 공모전을 준비하며 고맙게도 마음속 평생 짐을 덜었다. 결과는 어떻게 되었을까? 발표 날 글동무들은 우수한 성적으로 입상했지만 내 이름은 없었다. 전혀 개의치 않았다. 내 안의 부끄러움을 처음으로 밖으로 꺼내 보고, 마음이 홀가분해지는 경험 자체가 내게는 큰 상이었다. 공모전을 하면 할수록 쓰기를 좋아하는 사람임을 알아 가고 있으니 그걸로 충분했다.

'Thanks to 공모전!'

나를 위로해 주는 친구

; 불안을 달래는 글쓰기

저녁 식사 후 운동 간 아들이 넋이 나간 채로 현관문을 열고 들어왔다. 나를 보자마자 이제 살았다는 표정으로 내게 와락 안기며 엉엉 울었다. 아이는 자전거에서 낙상해 의식을 잃었고, 외국인이 발견해 데리고 있다가 아들이 정신이 들고서야 우리 집까지 데려다 줬다고 했다. 아무 생각이 나질 않는다고 우는 아이에게 괜찮다며 진정시켰지만 나 역시 정신이 반은 나간 상태였다. 병원으로 향하는 운전대에 올린 손은 나도 모르게 벌벌 떨고 있었다. 병원에서는 뇌출혈 위험성이 있으니 밤새 아이 의식을 잘 살피고, 이상 징후가 보이면 바로 병원으로 데려오라고 일렀다.

아들은 머리를 부딪히는 순간 죽는구나 생각했다고 한다. 집에 와서도 불안해 하는 아이에게 아무 일도 일어나지 않을 거라고 안심시켰지만, 나 역시 속으로는 전혀 괜찮지 않았다. 남편이라도 곁에 있었다면 덜 걱정되련만, 주말부부인 나는 다친 아들과 어린 딸을 데리고 긴긴밤을 홀로 지새워야 했다. 머리가 아프다는 아이의 손을 잡고 노래를 불러 주며, 속으로는 '괜찮다. 괜찮다' 불안한 나를 다독였다. 두 아이를 겨우 재우고 나니 온몸에 힘이 빠졌다. 동시에 혹시 아이가 잘못될까 싶어 밀려오는 걱정에 머리는 계속 조여 오고 가슴의 방망이질은 멈추질 않았다. 잠든 아들의 모습을 지켜보며 '내가 왜 헬멧을 쓰라고 말하지 않았을까' 얼마나 자책했는

지 모른다. 내가 할 수 있는 일이라곤 그날 밤이 무사히 지나
가길 빌고 또 비는 일뿐이었다.

아들 머리맡을 지키다 글을 써야겠다는 생각이 갑자기 들었
다. 아이 곁에 작은 상과 노트북을 가져왔다. 머리와 손이 시
키는 대로 자판을 두드리기 시작했다. 거의 매일 컴퓨터로
글을 쓴 덕분인지 시간이 흐르자 글쓰기에 집중되기 시작
했다. 좀처럼 가라앉지 않던 불안한 마음이 조금씩 옅어져
'휴-' 긴 날숨이라도 뱉을 수 있게 되었다. 나는 아이 상태를
1~2시간마다 체크하며 글을 계속 썼다. 어둡던 방안이 점
점 환해졌다. 화장실 간다며 일어난 아들을 보자 눈물이 왈
칵 쏟아졌다. 머리도 조금 덜 아프다며 다시 잠을 청하는 아
들의 모습에 가슴을 쓸어내렸다. 밤새 아이에게 혹시 무슨
일이라도 생길까 싶어 얼마나 마음을 졸였던지. 외로운 긴긴
밤, 나의 초조와 불안을 글을 쓰며 달랬다.

얼마 전에도 우리 가족이 교통사고를 당해 걱정이 넘쳤는데,
외삼촌의 부고 소식까지 전해 들어 가슴에 돌덩이가 하나 더
얹어진 기분이었다. 평소 기분이 태도가 되지 않도록 노력하
지만 마음 깊은 곳까지는 어떻게 되질 않았다. 불안하고 답
답한 마음에 하얀 화면에 뭐라도 털어놔야 할 것만 같았다.
그날도 늦은 밤 시작한 글쓰기는 날이 새도록 계속되었다.

쓰면 쓸수록, 몰입하면 할수록 나의 무겁고 불안하던 마음은 사라지고, 작업을 마친 순간 머릿속이 개운해졌다. 글쓰기의 힘에 다시 한 번 감탄한 시간이었다.

내 삶에 글이라는 친구가 있어 얼마나 다행인지 모른다. 글 친구에게 기쁜 일을 이야기하면 더욱 기뻐진다. 슬프거나 속상하거나 또는 걱정이 늘 때는 내가 하는 말을 그저 가만히 들으며 토닥토닥 해 준다. 누군가 내 말을 가만히 들어주기만 해도 위로받는 경험은 누구나 있을 것이다. 오늘도 컴퓨터 자판을 빠르게 두드리며 나의 불안함을 날려 보낸다. '타닥타닥' 우황청심환보다 낫다.

글을 잘 쓰고 싶어요

; 엄마들을 위한 글쓰기 처방전

"글을 잘 쓰고 싶어요."

엄마들이 내게 자주 하는 말이다. 처음에는 우리가 말하는 보통의 '잘 쓴 글'을 의미하는 줄 알았다. 그런데 보통의 엄마들이 글을 잘 쓰고 싶다고 말하는 것은 내가 생각하는 것과 달랐다. 책에 나오는 그런 유려한 글이 아니었다. 엄마들의 간절한 바람과 꿈도 있었고, 자신의 생각을 정리해서 적절히 표현하고, 다른 사람들과 공감하며 소통할 수 있는 정도의 글을 의미했다. 내가 처음 글쓰기 교실 문을 두드렸을 때의 마음과 별반 다르지 않았다.

'내가 어떤 사람인지 알고 싶어요.'

'내 마음을 표현하고 싶어요.'

'나를 채우고 싶어요.'

'글쓰기에 두려움을 없애고 싶어요.'

'온라인 세상이 두려워요.'

'제 생각을 글로 잘 전하고 싶어요.'

'왠지 잘 써야 할 거 같은 압박감이 있어요.'

'SNS 댓글만 잘 달아도 좋겠어요.'

'나도 무언가를 해 보고 싶어요.'

'나의 전문성을 키워 보고 싶어요.'

쓰기 프로젝트를 통해 엄마들과 소통을 이어 가며 깨달은 게 있다. 자녀를 키우는 30~40대 엄마는 워킹맘, 전업주부 할 거 없이 자신에게 씌워진 감투와 임무가 너무 많다. 해도 해도 티 나지 않는 집안일부터 아이 키우기, 집안 대소사 챙기기 등등. 그러다 보면 나는 온 데 간 데 없고 가족이나 타인을 위해서만 열심히 살고 있을 때가 많다. 어느 날 '나는 어디 갔지?'라는 생각이 들면서 공허해진다. 나처럼 사십춘기를 혹독하게 겪기도 한다. 겉으로 아무 문제없이 행복해 보이는 사람도 내면에는 자신을 힘들게 하는 무언가가 있었다. 보통의 엄마들이 이야기하는 '글 잘 쓰기'에는 각자의 맞춤형 처방이 필요했다.

엄마들이 왜 글을 잘 쓰고 싶어 하는지 이해하는 게 가장 먼저였다. 글을 쓰고 싶은 목적을 명확하게 파악하고, 글을 쓰는 게 왜 두려운지, 평소 일기는 쓰는지, 그들이 현재 처한 상황과 성격까지 파악하면 글쓰기의 첫걸음을 뗄 수 있는 처방이 나온다. 사람마다 글을 쓰는 원인도, 목적도 다르기에 동일한 방법으로 '무조건 쓰세요'라고 말할 수 없다. 진단에 따라 처방도 달라지는 법이다. 한 번도 글을 써 보지 않은 사람에게 잘 쓰는 법을 알려 준다 한들 소화 못한 음식을 먹은 것 마냥 트림만 하게 된다. 그렇기 때문에 글쓰기에도 단계별 접근이 필요하다.

나이가 들수록 쓰기가 두렵다는 한 엄마를 만났다. 특히 SNS를 해 보고 싶은데 잘 써야 한다는 생각에 댓글조차 달기 힘들다고 했다. 아이의 초등학교 자녀 소개서 작성에는 하루 종일 막막했다고 했다. 그녀는 아이를 위해서라도 글 쓰는 두려움을 깨야겠다고 마음먹고, 내가 진행하는 프로젝트에 참여 의사를 밝혔다.

엄마들이 신청하면 웬만하면 수락하는데 그녀의 이야기를 들어보니 프로젝트 참여는 시기상조였다. 다만 간절함이 느껴져 개인적으로 도움을 주기로 했다. 그녀에게 맞는 처방 세 가지를 한 달만 해보자고 제안했다.

첫 번째는 일어나자마자 자신의 기분, 머릿속에 떠오르는 생각을 딱 10분간 자유롭게 쓰라고 했다. 단 한 줄이어도 좋고, 세 줄이어도 괜찮으니 아무 말이나 일단 쓰기.

두 번째는 인스타그램에 사진 1장과 해시태그 1~2개 매일 올리기.

세 번째는 타인의 SNS 글에 댓글이 아닌 좋아요 남기기.

그녀는 무엇이든 잘해야 한다는 생각에 그동안 쓰기와 관련해서는 어떤 시도도 하지 못했다. 글을 잘 쓰는 법 이전에 내 마음을 종이에 아무렇게나 뱉는 연습이 먼저 필요해 보였다. 동시에 온라인 공간에 대한 두려움을 깨기 위해 글을 쓰지 않아도 SNS 활동이 가능함을 알려 줬다.

그녀는 첫날부터 무려 노트 한 페이지를 채웠고 요즘도 매일 아침 내게 인증 카톡을 보낸다.

나는 엄마들의 삶을 변화시키는 '글쓰기 습관 코치'가 되고 싶다. 코칭이 무엇인지도 모르고 배워 본 적도 없다. 다만 마음을 다해 진심을 전한다는 나만의 확고한 기준이 있다. 나는 기록부터 글쓰기에 관한 모든 것을 몸으로 익혔다. 엄마들이 말하는 글의 시작 단계에 나의 역할이 분명히 있다고 생각한다.

《모리와 함께한 화요일》은 루게릭병을 앓으며 죽음을 앞두고 있는 모리 교수가 그의 제자에게 인생을 주제로 수업을 하는 내용이다. 그중 모리 교수가 한 말이 나에게 크게 다가왔다.

"죽음 앞에서도 베푸는 것은 내가 살아 있다는 느낌을 주지."

누군가 나를 필요로 한다면 알고 있는 걸 다 알려 주고 싶다. 다만 나는 답을 바로 알려 주지는 않는다. 내가 그랬듯 스스로 행동해서 깨우치기를 바란다. 무엇을 하든 노력 없이 변화를 기대하기란 어렵기 때문이다. 반드시 해 내고자 하는 엄마들에게 나는 희망이 되고 싶다.

쓸모 있는 글쓰기 Tip 1
손으로 읽고, 마음으로 답하는 '단계별 필사법*'

필사는 한 번도 안 한 사람은 있어도 한 번만 한 사람은 없다죠. 필사의 매력을 아는 사람은 결코 멈출 수 없답니다. 정성들여 따라 쓰다 보면 나도 모르게 글쓴이의 마음을 따라 가죠. 더 나아가 나의 생각도 만들어지고요. 어렵게 생각하지 말고, 자꾸만 펼치고 싶은 노트와 펜만 준비하세요.

1단계: 좋은 문장 필사

가볍게 시작해 보아요. 책을 읽다 보면 좋은 문장을 수없이 발견하죠. 노트에 손으로 따라 써 보세요. 내가 읽은 책들의 좋아하는 문장 모음은 덤이에요. 나만의 보물 책이 탄생하는 순간입니다. 매년 읽은 책들의 '문장 모음집 노트'를 만드는 것도 추천해요.

2단계: 문단 필사

문단 필사는 글쓰기 실력 향상에 가장 큰 도움이 되는 방법이라고 생각해요. 한 문단을 베껴 쓰며 문단 내 하나의 메시지를 담는 법, 문장과 문장 사이 연결 고리, 맞춤법, 작가의 문체도 자연스레 익히게 됩니다. 책을 눈으로 읽고 있지만 짧은 글을 쓰는 연습과 같습니다.

3단계: 책 한 권 필사

마지막 단계는 책 한 권을 통으로 필사해 봅니다. 토시 하나 빼지 않고 적는 건 아니고요. 저의 경우는 매일 한두 챕터씩 주요 문단들을 필사하는데, 책의 70~80% 정도 따라 씁니다. 가끔은 타이핑 필사도 하는데요. 그때는 온전히 책 한 권을 다 적어요. 매일 조금씩 써 가며 책 한 권을 오롯이 이해하는 최고의 방법이라고 생각합니다. 저는 보통 책 한 권당 한 달에서 두 달 정도 소요되는데 다 끝냈을 때의 성취감도 크답니다.

필사 TIP

1. 필사를 하며 즐겨 듣는 음악, 좋아하는 차나 커피와 함께 나만의 시간을 가져 봅니다. 고요한 시간, 종이에 쓸 때 들려오는 '사각사각' 소리의 기쁨을 느껴 보아요.

2. 필사가 처음이거나 혼자 꾸준히 이어 나가기 힘들면 필사 모임에 참여하는 것도 좋은 방법입니다. '매일 조금씩 함께의 힘'은 책 한 권 필사도 어렵지 않아요.

3. 필사는 사람들이 말하는 좋은 책으로 시작해야 한다는 생각은 접어 두세요. 내 마음을 울린 책이면 그 어떤 것도 좋습니다. 전 《빨강머리 앤》을 필사하며 쓰는 내내 앤과 함께 있는 듯 행복했어요. 《나는 나무에게서 인생을 배웠다》를 필사하며 인생에서 중심 잡는 법을 익혔죠. 시중에 나와 있는 필사 책의 도움을 받는 것도 추천합니다.

> *3단계 필사법

4. 좋은 문장, 문단을 꾸준히 따라 쓰다 보면 나의 생각이 자꾸 떠올라요. 아주 짧게라도 노트 귀퉁이나 말미에 자신의 생각을 꼭 적어 봅니다. 이 또한 훌륭한 글쓰기 연습입니다.

5. 필사 노트와 펜도 중요합니다. 내가 아끼는 노트, 필기감이 좋은 펜으로 써 보세요. 필사의 즐거움이 배가 된답니다.

쓸모 있는 글쓰기 Tip 2
나를 찾아가는 10분 글쓰기 '프리라이팅*'

매일 자신과 대화하시나요?

저는 사십 대가 되니 살아가는 데 있어 나를 찾고 만나는 일이 가장 중요한 일 중 하나임을 깨닫습니다.

나를 찾아가는 방법은 다양합니다. 무엇이 되었든 중심을 잡는 자신만의 방법이 있으면 괜찮아요.

저는 하루 10분 글을 쓰며 제 삶을 찾고 만들어 갑니다.

쓰다 보면 과거, 현재, 미래의 모든 나를 만날 수 있거든요.

쓰는 게 어렵다, 두렵다, 뭔지 모르겠다 하는 분도 다 가능해요.

글을 처음 쓰는 사람도, 책을 낸 사람도, 자신도 알지 못하는 나를 만나기 위해 씁니다. 글쓰기 실력과는 아무 상관없어요.

하루 24시간 중 오롯이 나에게 집중하는 시간 10분.

고작 10분이지만 우리의 삶도 변화시킨답니다.

나의 꿈도 찾는 시간이에요.

하루 10분의 글이 모이면 내 삶이 보입니다.

매일 쓰는 글로 나에게 조금씩 다가가는 기회가 되길 바랍니다.

---

*자유롭게 글쓰기

〈TIP〉

1. 노트와 펜을 준비합니다.

2. 프리라이팅은 머리가 맑을 때인 일어나자마자 쓰는 게 가장 좋지만, 하루 중 어느 때라도 괜찮습니다.

3. 맞춤법, 문장구조, 글의 흐름, 글씨체 그 어떤 것도 신경 쓰지 않고 초등학생의 글처럼 내 머리와 손이 움직이는 대로 씁니다. 최대한 내 의식의 흐름대로 쓰세요. 그럴수록 나와 더 가까워집니다.

4. 타이머를 켜고 10분간 글을 쓰고 시간이 되면 바로 멈춥니다.

5. 자신이 운영하는 온라인 공간(인스타그램, 블로그 등)에 인증하는 것도 쓰기를 계속 이어 갈 수 있는 방법입니다.

6. 혼자 매일 꾸준히 쓰는 게 힘들다면 모임에서 함께 진행하는 것도 좋습니다.

쓸모 있는 글쓰기 Tip 3
바닥까지 나를 드러낸 첫 경험 '공모전*'

제가 처음 도전한 공모전은 〈월간 채널예스〉에서 매월 진행하는 '나도 에세이스트'였어요. 누구나 부담 없이 도전하기 좋았는데, 아쉽게도 현재는 공모전이 종료되었답니다.

인터넷에 '글쓰기 공모전'이라고 검색해 보세요. 도서관 벽보에도 자주 공고가 올라옵니다. 지역 행사, 기관, 기업체 등에서 주관하는 크고 작은 공모전들도 많답니다. 엽서시 문학공모 사이트 (www.ilovecontest.com) 게시판에서도 확인이 가능합니다. 소설, 시, 에세이, 수필, 독후감, 수기 등 자신이 관심 있는 분야에 도전해 보세요.

공모전은 피아노 콩쿠르 참가 효과와 비슷하다고 생각해요. 콩쿠르에 참가하기 위해 곡을 선정하고 수없이 연습하고, 본선에서 담력도 키우며 자신의 실력을 체크하죠. 콩쿠르 참가 전과 후의 실력이 많이 달라진다고 하잖아요. 저는 글을 배우는 초기에 시험 삼아 도전했는데, 결과를 떠나 글쓰기 실력을 향상하는 데 많은 도움이 됐어요. 한 편의 글을 스무 번 넘게 고쳐 보며 날것 그대로의 초고에서 글다운 글이 되는 경험을 할 수 있었답니다. :)

*글쓰기 담력 키우기

chapter 4

책을 쓰다

꿈은 꾸어야
이루어진다

: 꿈 지도 그리기

나는 본능적 목표지향주의다. 초등학교 때 내 방이 생기는 날을 꿈꾸며 방 설계도를 매일 그렸다. 시험 날짜가 공지되면 작은 수첩에 목표를 적고 D-day를 설정해 그날부터 계획대로 공부했다. 학창 시절에는 건축설계사라는 꿈 하나만 보고 지겨운 수험 생활을 견뎠다. 사회에 나가서도, 결혼해서도 희미하지만 한 가지 꿈 정도는 다이어리에 써 놓고 가슴에 품고 살았다. 나는 꿈이 있어야 살아갈 힘이 생기는 사람이었다.

퇴사 이후 나의 꿈은 '경제적·시간적 자유를 이룬 스토리텔러 양마담'이었다. 평소에도 내 이야기를 언젠가는 하고 싶다는 소망이 있었는데, 경제적으로 문제가 없고 시간적으로도 자유로워야 가능하다고 생각했다. 글쓰기 수업에서 인생 꿈 지도를 만들고 발표할 기회가 있었다. 매년 꿈 지도를 그리긴 했지만 인생 꿈 지도는 처음이었다.
"10년 이내 제 이야기를 담은 책을 내거나 강연을 하는 스토리텔러가 되고 싶어요."
꿈 지도에 그린 많은 꿈 중 가장 오랜 시간이 흐른 후에나 이룰 수 있을 것 같았다. 책 쓰기는 내게 그저 희미하고도 먼 꿈이었다. 꿈 지도를 만든 후 잘 보이는 곳에 올려놓고 세부 계획을 컴퓨터와 휴대전화, 책상 앞, 수첩 등 내가 머무는 어디서든 볼 수 있게 했다.

나는 글쓰기를 배우며 처음부터 작가를 꿈꾸지는 않았다. 매일 글을 쓰다 보니 힘듦과는 별개로 글쓰기는 늘 설레었다. 마치 글쓰기와 연애하는 기분이었다. 쓰는 게 점점 좋아져 어느새 나는 작가를 꿈꾸고 있었다. '쓰는 사람'으로 나를 묶어 두기 위해 끊임없이 스스로에게 일을 시켰다. 글쓰기 수업을 듣고, 브런치 작가에 도전하고, 독립출판을 하고, 글쓰기 프로젝트까지 진행했다. 쓸 수밖에 없는 환경에 나를 계속 노출시켰다. 많은 자기계발서에서 꿈을 정하고, 구체적으로 상상하고, 당장 시작하라고 말한다. 그래서 꿈 지도를 그리고, 세부 계획을 세우고, 매일 꿈 지도를 보며 생활했다. 그랬더니 쓰는 사람이 되기로 마음먹은 지 딱 일 년 만에 출판사와 출간 계약을 했다. 내 인생에서 가장 먼 꿈이라고 생각했던 책 쓰기가 가장 먼저 이룬 꿈이 되었다.

'아, 꿈을 꾸니 정말 이루어지는구나.'

인생 꿈 지도를 바탕으로 매년 그해의 꿈 지도도 따로 그린다. 연간 꿈 지도를 기준으로 세부 꿈 리스트를 또 만든다. 꿈 지도는 달랑 그림 한 장이지만 자신의 꿈을 명확하게 구체화시키는 작업이 없으면 닿을 수 없는 꿈이나 마찬가지다. 꿈 지도를 그리기 전 노트에 내가 원하는 것을 일단 나열한다.

내가 되고 싶은 모습

하고 싶은 일

가 보고 싶은 곳

갖고 싶은 것

머릿속에 있는 꿈을 쓰며 생각도 정리되고, 내가 진정 원하는 것도 알게 된다. 그중에서 분야별 우선순위를 정하면 꿈리스트가 완성되고, 이걸 바탕으로 사진, 그림 등을 이용해꿈 지도를 완성하면 된다. 이런 사전 작업이 있어야 꿈 지도를 볼 때마다 자동으로 나의 세부 목표들이 연상되고, 나 역시 수시로 들여다보며 꿈을 이루기 위한 방향으로 행동하게된다. 반 년이 지난 지금 올해의 꿈 리스트 중 많은 부분을실천하고 있다. 운명처럼 목표를 이룰 수 있는 기회가 주어지기도 한다. 내 꿈이 얼마나 이루어졌나 주기적으로 확인하는 작업도 꼭 거친다. 고로 나는 꿈을 꾸고, 할까 말까 고민하는 시간에 일단 한다. '내가 설마 될까?'라는 생각은 접어두자. 캘리 최 회장은 이렇게 말했다.

"세상의 모든 첫걸음은 보잘 것 없어 보인다. 그러나 첫걸음을 떼지 않으면 아무것도 이루어지지 않는다."

난생처음
작가님이라 불렀다

: 브런치

"진심으로 축하드립니다. 작가님의 소중한 글 기대하겠습니다."

세상에 나한테 작가님이라니! 신청한 다음 날 바로 연락이 왔다. 한 번에 통과하다니 어리둥절했다.

'내가 작가님 소리를 들어도 될 자격이 있는 건가? 내게 작가님이란 호칭은 딴 세상 언어인데.'

입으로 따라 해 봐도 어색하기만 하다. 글쓰기를 시작하며 매일 몇 달을 쓰고 고치는 반복 속에서 '내 글이 잘 쓰는 글일까'라는 의구심이 들었다. 브런치 작가 합격 소식은 내가 글을 계속 써도 된다는 자신감을 주었다.

브런치는 '글이 작품이 되는 공간, 브런치'라는 슬로건처럼 양질의 글을 발행, 구독할 수 있는 온라인 공간이다. 누구나 글을 쓸 수 있는 블로그와 달리, 브런치는 글을 공개 발행하기 위해 내부 심사 과정을 거쳐야 한다. 글쓰기 플랫폼으로는 진입장벽이 높다. 브런치는 지원자가 누구인지, 브런치에서 어떤 활동을 펼칠지 따져 보고 독자들에게 좋은 이야기를 전달할 준비가 되어 있는 사람을 작가로 선정한다.

브런치 작가 신청 과정은 마치 약식 출판 기획서 투고 과정과 같다. 질문 항목별로 답변 작성은 300자 제한이 있다. 구체적이되 최대한 임팩트 있게 작성하는 게 중요하다. 나는 어떤 사람인지, 왜 글을 쓰는지 등 자기소개를 쓰고, 브런치 공간에서의 작품 활동 계획도 목차와 함께 구체적으로 작성해야 한다. 그리고 정성을 다해 퇴고한 그간의 글 몇 편을 준비한다. 평소 SNS 활동도 함께 기록한다. 자세한 브런치 작가 신청 방법은 '쓸모 있는 글쓰기 Tip' 210p에서 다루었으니 참고한다.

브런치는 글만 원 없이 쓰고 싶은 이들을 위한 플랫폼이다. 그래서 작가라는 호칭도 붙여 준다. 내 글을 올릴 수 있는 프라이빗 한 공간이 있다는 건 꽤나 근사한 일이다. 브런치는 SNS와 비교할 때 글을 좀 더 진지하게 읽는 독자가 있다. 평소 블로그에 꾸준히 글을 쓰고 있고 글을 더 깊이 있게 써 보고 싶다면, 다음 단계로 브런치 작가에 도전하길 권한다. 브런치가 글쓰기와 책 쓰기의 마중물 역할을 할 것이다.

브런치에서는 책 출간을 위한 다양한 지원을 한다. 브런치북 출판, 브런치북 전자책 출판, 오디오북 출판 등 실제 작가가 되기 위한 프로젝트가 풍성하다. 브런치에서 쓴 글을 한 주제로 묶어 브런치북으로도 만들 수 있다. 브런치북 출간 프로젝트에서 대상으로 선정되면 실제 책 출간으로 이어진다. 《하마터면 열심히 살 뻔했다》, 《90년생이 온다》도 브런치 글로 출간한 사례다.

글쓰기를 좋아하는 독자라면 주저하지 말고 브런치에 도전하기를 추천한다. 브런치가 꼭 출간으로 이어지지 않더라도 나처럼 평범한 사람이 글쓰기를 시작했을 때 자신감을 얻는 것만으로도 충분하다.

가끔 작가님의 글을 오래도록 보지 못했다는 알림이 온다. 그때마다 작업하던 브런치북을 손 놓은 게 양심에 찔리는 건 잠깐이다. 작가님이라 불려 나 혼자 또 흐뭇해한다. 그나저 나 작가님이라 불리는 기분만 느끼지 말고 브런치에 글은 언 제 올릴 건가요? 작가님!

독자에서 작가로

; 가족 축제의 장이 된

독립출판

'이건 운명이다!'

도서관에서 진행한 제주 독립출판 프로그램 '독자에서 작가로' 포스터를 보는 순간 든 생각이었다. 글쓰기 수업에 다닌지 한 달 조금 지난 시점이지만 일단 해 보자는 생각이 들었다. 참여 자격은 '자기 주제를 가지고 평소 글을 꾸준히 써오던 사람'이었다. 접수 첫날 20초 만에 모집이 마감되었다. 로또 6등도 당첨된 적이 없는 나인데 9초 컷으로 프로그램 참여 기회를 얻었다.

'이건 못 먹어도 고!'

독립출판이 뭔지도 모르는 내가 무슨 용기가 생겼는지 시작도 하기 전에 무조건 책을 완성하겠다는 각오를 다졌다.

난생처음 경험한 독립출판의 세계

첫 수업 때 독립출판에 대한 책방 대표님들의 이야기에 시간 가는 줄 몰랐다. 내 마음대로 쓸 수 있는 세계여서 더욱 매력적인 독립출판. 내 유전자에 개성 따위는 없지만 내가 포기하지만 않으면 책 출판이 가능하다는 확신이 들었다.

난생처음 독립서점을 탐방하며 성냥갑만 한 책, 신문지만 한 책, 고작 열 장뿐인 책, 그냥 일기처럼 다듬어지지 않은 글 등 형식을 파괴한 책들을 만날 때마다 반가움이 컸다. 한 책방 대표가 '책 쓰기가 힘든 건 맞지만 즐기지 않을 이유가 없다'라고 했다. 호기롭게 독립출판을 하기로 질렀지만 속으로 겁먹은 내게 그 대표의 말은 완벽한 처방약이었다.

'맞다. 내가 못 즐길 이유는 없지. 욕심 내지 말고 다시 못 올 기회를 즐겨 보자.'

우선 내가 만들 책의 약식 기획안을 만들었다. 주제, 제목, 내용, 내가 이 책을 왜 쓰려고 하는지, 독자 타깃, 목차, 스케줄링 등 기획안 작성에 긴 시간을 할애했다. 특히 주제 선정에 오랜 시간이 걸렸다. 마을 독립서점에 자문을 구하니 하고 싶은 말이 목까지 차올라 지금 가장 말하고 싶은 것, 써도 써도 마르지 않는 주제에 대해 쓰라고 했다.

고민에 고민을 거듭한 끝에 나는 제주에서 아이들과 계절별로 신나게 즐겼던 우리 가족만의 놀이를 에세이로 엮기로 했다. 독자 타깃은 아이들과 제주에서 일 년 살이 하고 싶어 하는 내 친구였다. 친구에게 아이들과 자연에서 노는 법을 알려 주고 싶었다.

도서관 온라인 수업으로 글쓰기를 배우며 글을 써 나갔다. 기존에 단순히 글만 쓰다 독자를 고려한 책 쓰기가 되다 보니 쓰는 글마다 마음에 들지 않았다.(사실 어떻게 퇴고를 해야 하는지가 막막했다.) 다시 학생으로 돌아가 수업 시간에 적극적으로 참여했다. 이왕 시간을 투자하기로 한 거 무엇이든 얻어야 한다는 마음이 간절했다. 어떻게든 글쓰기와 책 쓰기의 간극을 좁히려 매일 골똘히 생각했다. 그러다 보니 조금씩 선생님의 수업 내용이 이해가 갔다. 나는 글쓰기라는 걸 처음 시작했기에 주변 동료, 책, 수업 등 온통 배움의 수단이 됐다. 이 과정에서 '나 좋을 대로만 쓰는 건 이제 아니구나'라는 걸 깨달은 것만 해도 큰 수확이었다.

전체 과정에서 중반쯤 됐을 때 편집 프로그램인 '인디자인'을 배웠다. 선생님이 글은 좀 덜 써도 책이 만들어지는데 인디자인이 안 되면 기한 내 출간이 안 된다고 겁을 주셨다. 공대 출신이라 프로그램 다루는 일에 큰 어려움이 없는 편인데 인디자인은 달랐다. 글쓰기는 올 스톱 되고 인디자인 온라인 수업은 따라가기도 벅찼다. 책 사이즈, 표지 디자인, 내지 디자인, 책날개 사이즈, 종이 등을 정하는 것 등 모든 게 산 넘어 산이었다. 글도 다 못 썼는데 저자 소개, 뒷표지 글은 또 어떻게 쓰란 말인가. 프로그램에 참여할 당시 글만 쓰면 되는 줄 알았는데 처음으로 부딪힌 난관이었다. 함께한 동기들도 인디자인의 벽에 부딪혀 힘들어 하다 포기하는 사람까지 생겼다. 글의 목차를 잡고, 분량 채우고, 퇴고하는 것도 벅찬데 디자인까지 하려니 계속 내적 갈등이 생겼다.
'아 디자인을 전문가에게 맡길까? 그래도 자존심이 있는데 끝까지 해 보자.'
고민 끝에 책을 향한 내 '만족'보다 '완주'로 목표를 수정했다. 이번 기회가 아니면 언제 내가 처음부터 끝까지 다 할 수 있을까 싶어 디자인을 직접 하기로 했다. 대신 열심히 과제한 자에게 주어지는 선생님의 1:1 피드백을 놓치지 않았다.

가족 축제의 장 _ 훈훈했던 마무리

목표를 완주로 바꾸니 마음도 편해지고 밤을 새울 정도로 열정도 더 생겼다. 마감 기한이 있어 아이들이 있는 시간에도 작업을 할 수밖에 없었다. 고민 끝에 책 만들기에 아이들도 참여시켰다. 아이들에게 작은 것부터 묻기 시작했다.

"서연아, 엄마가 만드는 책에 그림 좀 그려 줄 수 있어?"

"아들, 이 사진 괜찮아? 배치는 어때?"

"여보, 내가 책 가제본 만들었는데 느낌 좀 봐 줘."

"서연 작가님, 제발 그림 좀 그려 주세요."

딸은 처음에는 시큰둥했는데 자신이 그린 그림을 원고 파일에 삽화로 넣어 보여 주니 표정이 달라졌다. 시간이 흐르자 자기가 더 그려 줄 게 없냐며 유치원만 다녀오면 물었다. 아들에게는 매번 글을 보여 주며 재미있게 읽히는지, 사진 선택은 괜찮은지 물었다. 나는 혼자서 모든 결정을 할 수 있었지만, 일부러 아이들과 소통하며 책을 만들었다. 아이들이 학교에 다녀오면 오전에 작업한 내용을 보여 주었다. 주말에는 아빠까지 함께하니 아이들은 더욱 신이 났다. 막판으로 갈수록 스트레스를 받는 게 아니라 가족 축제의 장 같았다.

온 가족이 함께해 준다는 기쁨에 더욱 힘이 났다. 이런 과정들이 나뿐만 아니라 아이들에게도 참 교육이 되리라는 확신이 생겼다.

책 제목도 가족 투표로 결정했다. 가제는 딸이 물고기에게 건넨 말에서 힌트를 얻어 《자연아, 나랑 친구할래?》였다. 가족들은 '제주라는 단어가 꼭 들어가야 한다, 가족이란 의미도 포함되어야 한다' 등 인쇄 들어가기 전까지 의견이 분분했다. 딸이 고집한 《자연아, 우리랑 친구할래?》와 내가 제안한 《제주야, 우리랑 친구할래?》 중 투표 결과 《제주야, 우리랑 친구할래?》가 선정되었다. 나는 딸이 그림을 그려 줄 때마다 삽화 비용을 지불하고 책 표지에 딸의 이름도 함께 실었다.

어느 날 아들이 학교 도서관에 엄마 책이 꽂히면 좋겠다고 말했다. 제주 공공도서관에서는 대출이 가능하다고 했더니 아들은 엄마 책 앞에 가서 무심하게 목소리만 슬쩍 높여 "어? 우리 엄마 책이네."라고 말할 거란다. 설레는 아이 표정이 얼마나 귀엽던지 다 큰 녀석이지만 꽉 안아 주었다. 그날 '아, 나 혼자만 좋다고 하는 일은 아니었구나.'라는 생각이 들었다. 몇 개월간 옆에서 엄마를 지켜보며 아이들도 느낀 게 분명 있을 것이다. 보통 회사에서 일할 때였으면 마감 일주일 전이 가장 피 말리고 힘든 시기지만, 이번에는 가장 즐겁게 작업한 시간이었다. A부터 Z까지 전부 혼자 해야 하는 과정 내내 시행착오도 많았고 막판까지 손 볼 것도 많았다. 내가 바라던 세련된 맛은 1도 없었다. 하지만 과정의 즐거움을 생각한다면 최고의 시간이었다고 말할 수 있다.

도서관 전시회 때 나의 피땀 어린 노력으로 만들어진 책을 아이들에게 한 권씩 선물하는데 눈물이 왈칵 쏟아졌다.
"애들아, 드디어 엄마 책이 나왔어. 함께해 줘서 고마웠어."
딸은 엄마 책이 아니고 자기 책이라며 좋아하고, 아들은 동생처럼 자기도 엄마와 책을 만들고 싶다고 말했다.
도서관 전시회가 끝난 후 딸과 도서관에 갔다. 도서 검색대에서 딸의 이름으로 검색했다. 검색 화면에 《제주야. 우리랑 친구할래?》 책 정보가 떴다. 청구기호가 적힌 종이를 딸에게 건네주며 딸의 이름을 확인시켜 줬다. 그리고 서가에서 함께 책을 찾았다. 아직도 딸의 수줍은 듯 뿌듯하면서도 벅차하던 눈빛이 잊히지 않는다.

일단 시작해라. 누구나 만들 수 있다
콘셉트 잡기, 글쓰기, 퇴고, 디자인 작업까지 약 4개월 동안 진행되었다. 독립출판을 마치고 돌아보니, 시작의 중요성을 다시 한 번 느꼈다. 올해 초 만들었던 꿈 지도 목록 중 책 출간은 기간도 정해지지 않은 '언젠가'였는데, 가장 먼저 이룬 꿈이 되었다.

독립출판을 진행하는 동안 교통사고를 당해서 글 한 자 쓸 수 없을 정도로 힘든 시간도 있었다. 누군가는 내게 '책이 그렇게 내고 싶어?'라고 되물었다. 그 말에 의기소침해 포기하거나 대충했다면 책 쓰기는 기약 없는 기다림이 되었을 것이다. 물론 이 책의 원고를 쓰는 지금의 나도 없다. 봄날의 무모한 도전이 지금의 나로 이끌었음을 의심치 않는다.

책을 늘 곁에 두는 사람이라면 글을 쓰고 싶다는 생각이 자연스레 들게 된다. 독립출판으로 먼저 나를 이야기해 보라고 권하고 싶다. 상업출판으로 가기 전 마중물이 될 것이다. 시작이 반이니 용기 내어 보자. 독립출판은 내 마음대로 써도 되니 누구의 눈치도 볼 필요 없다. 꼭 팔지 않더라도 10권 정도 만들어서 가족이나 친구들에게 나누어 줘도 좋다. 요즘은 도서관이나 작은 책방에서 책 쓰기 프로그램을 쉽게 접할 수 있다. 내가 만들고 나만 보는 책이면 뭐 어때!

글쓰기 한 단계
업그레이드하기

; 주제 있는 글쓰기

글을 꾸준히 쓰다 보니 글쓰기도 단계별 점프 구간이 있었
다. 나는 하나의 주제를 정해 글을 쓰며 실력이 한 단계 성장
하는 걸 체감했다. 가장 나를 성장시킨 건 독립출판을 준비
하면서다. 독립책방 대표님들이 책 콘셉트 잡을 때 멘토 역
할을 해 주셨다. 나의 목차 초안을 보더니 책이 5권은 나오
겠다고 말씀하셨다. '한 책에 다 담으면 좋은 거 아닌가.'라
는 생각을 했는데, 목차의 중간 제목 하나가 책 한 권이라니.
그중 내가 가장 자신 있는 거 하나만 쓰라고 하셨다. 알고 보
니 책의 주제는 최대한 뾰족해야 했다.

독립출판을 하며 사실 글쓰기보다 주제 정하는 게 더 어려웠
다. 아이들과 제주에서 보낸 사계절 놀이, 제주에서 혼자 놀
이에 성공한 40대의 나, 사슴벌레와의 동거 기록 등 쓰고 싶
은 게 차고 넘쳤다. 그중에서 딱 하나만 고르라니 사실 어려
웠다. 내가 썼던 글 중 어떤 것이 가장 잘 써지고, 또 지금 아
니면 쓸 수 없는 주제인지를 곰곰이 따져 봤다.
내가 써도 써도 목마르지 않을 주제는 아이들과 장난감 하나
없이 자연에서 신나게 지낸 경험이었다. '제주에서 아이들과
함께한 계절별 놀이'라는 주제로 가지를 뻗어 나가듯 목차를
만들었다. 목차를 다 쓰고 나니 왠지 책이 벌써 만들어진 느
낌이 들었다. 목차 제목만 봐도 즐겁게 쓸 수 있겠다는 확신
이 생겼다.

나는 글을 쓰며 생겼던 고민들이 독립출판 과정을 겪으며 많이 해소되었다. 어느 정도 글 연습이 되었을 때 하나의 주제로 최소 20개 이상의 글을 써 보면 좋겠다. 결코 쉽지 않은 일이지만 내게는 그 과정이 큰 공부였다. 기본적으로 내가 쓰고 싶은 글에 대해 초고를 신나게 써 나가는 기쁨도 컸다. 매번 글을 고쳐야 하고 독자에게 잘 읽힐지 염려도 됐지만 그건 나중 일이었다. 글을 쓸수록 다른 주제의 글이 쓰고 싶지 않았다. 갈수록 글쓰기에 탄력도 붙고 글의 문체와 분위기도 비슷해졌다. 한 주제에 대해서만 글을 쓰니 깊이도 더해졌다.

이 책을 기획할 때도 마찬가지였다. 지인이 평생을 끄적이며 산 나를 보고 쓰기에 대해 한번 써 보면 어떻겠냐고 권했다. '기성 작가도 아닌 내가 감히 '쓰기' 주제로 책을 쓸 수 있을까?' 하는 두려움이 먼저 앞섰다. 시간을 한참 흘려보낸 후에도 머릿속에 '쓰기'가 맴돌았다. 글을 잘 쓰는 방법은 모르지만 평생 내가 해 온 쓰기에 대해서 말할 자신은 있었다. 평생 쓰는 사람이 되기로 한 이상 독자들에게 생활 속 쓰기에 대한 동기부여를 할 수 있을 것 같았다.

주제 찾기는 나의 삶 가장 가까이에서 시작해야 한다. 특별하지 않아도 된다. 소소한 일상이어도 좋고 사소하면 더 좋다. 취미, 건강, 일, 육아, 독서 등 내가 좋아하고 잘하는 거

를 발견해 보자. 그래야 잘 써지고 끝까지 쓸 수 있다. 나의
이야기는 나만 할 수 있다. 시작이 반이라고 하지 않는가.
하나의 주제로 글쓰기, 내가 했으니 당신도 분명 할 수 있다.

응원의 힘으로
끝까지 쓴다

; 글동무

"언니, 독자는 그게 궁금하지 않아요."

"왜? 아유, 또 사족이니?"

평소 성격이 딱 부러지는 동생이 내 글을 보고 한 마디 한다. 예전보다 설명을 많이 뺐다고 생각했는데 그녀들은 여전히 궁금하지 않다며 웃는다. 나의 친절한 성격 탓(이라 말하고 싶다)에 오늘도 종이 위에 쓸 데 없는 말을 늘어놓았다. 실망하려다 고작 일 년 남짓 쓰고 완벽할 수 있겠냐며 스스로를 위로했다.

2주에 한 번 글쓰기 하는 친구들과 모임을 갖는다. 각자 쓴 글을 가져와 서로에게 첫 독자가 되어 준다. 글에 대한 느낌, 보완할 점이나 글을 쓰며 궁금한 내용을 서로 나눈다. 글을 쓰다 보면 나만의 생각에 갇혀 내 글을 제대로 볼 수 없다. 때론 내가 쓴 글이 의도하는 바와 전혀 다르게 읽힐 때도 있다. 서로가 가진 강점이 다르기에 합평할 때 완전체가 되면 글 완성에 큰 도움이 된다. 친구들의 의견을 참고해 다시 한 번 글을 찬찬히 살피고 수정한다.

나는 오랫동안 독자가 없는 일기, 편지 등 끄적이는 글을 혼자 썼다. 글동무들이 없었다면 내 글에서 무엇이 부족한지 평생 몰랐을 것이다. 글동무를 통해 독자들의 반응을 앞서 볼 수 있다는 건 큰 행운이다.

이 모임에도 룰은 있다. 상대방의 글을 절대 비방하지 않고, 빨간펜이 아닌 파란펜으로 피드백 하는 게 원칙이다. 잘한다 잘한다 칭찬하며 서로에게 든든한 응원군이 되는 것이 가장 중요한 임무이다. 모임이 있는 전날부터 친구들의 글을 검토하며 하나라도 더 도움을 줄 게 없나 살피게 된다. 아이들을 키우며 시간을 쪼개 만나는 우리이기에 매번 최선을 다한다. 진심을 다해 아이디어를 모아 주고 꿈을 나눈다. 가끔은 아이들 교육 문제도 머리를 맞대는데 모일 때마다 몇 시간이 훌쩍 지난다. 글로 나의 모든 것을 다 드러내기에 때론 가족이나 친구보다 더 끈끈하게 느껴진다. 엄마들과의 브런치 모임도 좋지만 글을 통해 나누는 수다의 기쁨 또한 크다.

매일 글을 쓴다는 것은 설레기도 하지만 매우 고된 작업이다. 쓰는 게 좋아 시작했지만 많은 부분 우선순위를 글에 내주어야 한다. 집 안이 엉망이 되기도 하고. 아이들의 끼니를 대충 차려 줄 때도 있다. 누가 글을 쓰라고 했냐며 핀잔 아닌 핀잔을 들을 때도 있다. 때론 억울하고 때론 외롭다. 타고나지 않은 이상 글쓰기는 시간을 들인 만큼 성장하는 법. 그저 묵묵히 써 나가는 것 외에는 방도가 없다는 걸 알기에 간혹 지치기도 한다. '엄마의 글쓰기'가 얼마나 외롭고 힘든지 서로 너무 잘 안다. 그럴 때마다 글쓰기 친구들이 보내는 응원은 나를 다시 일어서게 한다. 우리는 글 실력뿐만 아니라 마

음도 함께 성장했다. 그래서 누군가 글을 배운다면 꼭 글동
무를 옆에 두라고 말한다. 지치지 않고 오래도록 글을 쓸 수
있는 확실한 버팀목이다.

"함께 갈 동지가 생겨 누구보다 기쁜 사람 저요!"
"우린 분명히 해 낼 거예요."

오늘도 글쓰기 동무들의 단체 카톡방에는 응원의 물결이 넘
친다.

드디어!
출판사에 투고하기

; 출간 기획서

기획출판에 도전하며 책 쓰기가 궁금해 관련 책들을 읽었다. 평생 끄적였지만 책을 쓰는 건 다른 차원의 문제였다. 전문 가도, 유명한 사람도, SNS 인플루언서도 아닌 지극히 평범한 나는 더 막막했다. 특히 출판사 투고는 책 쓰기 전 과정에서 가장 큰 산이었다. '쓰기'라는 콘셉트를 잡고 글을 써 나가며 출판사 관문을 어떻게 뚫을지가 고민이었다. 글이 아무리 좋다 한들 출판사에서 내 원고를 받아 주지 않는다면 의미가 없기 때문이다. 쓰기 관련 책을 읽으며 틈틈이 나만의 출판사 투고 원칙을 하나씩 만들어 갔다.

기획하기

어떤 주제로 책을 쓸 것인가에 대한 부분이다. 나는 주제를 일단 '쓰기'로 정했다. 기존 글쓰기 책과의 차별을 어디에 둘지, 나만이 쓸 수 있는 이야기는 무엇일까 오랜 시간 고민했다. 그간 해 온 '일상 속 쉬운 쓰기'로 정하고 목차를 구체적으로 작성했다. 목차라는 틀을 잘 만들어야 글도 쉽게 잘 쓸 수 있다. 초고 쓸 때 도움이 되도록 목차 옆에 글의 소재, 내용도 간단히 메모했다. 완성된 목차를 출력해서 뚫어지게 쳐다보았다. '나 이거 쓸 수 있겠는데.'라는 자신감이 생겼다. 이렇게 나의 책은 시작되었다.

☞ **목차에도 흐름이 있다. 기획 단계에서부터 중제목, 세부 목차도 탄탄하게 만들자. 목차를 구성할 때 본문에 담을 내용을 확실히 정해야 한다.**

초고 작성

목차를 완성한 다음 날부터 원고를 쓰기 시작했다. 한 번에 써진 목차만큼이나 글도 빠르게 써졌다. 첫날 날것의 형태지만 무려 5편('꼭지'라고 하기도 한다)을 썼다. 신기하게 쭉쭉 써졌고 무엇보다 타자 소리가 경쾌했다. 초고를 어느 정도 완성하고 출판사에 투고할 생각이었기에 최대한 빠르게 써 나갔다. 한 달 만에 초고 50%를 작성했다. 나는 하루에 한 편을 쓰고 기존 글을 수정하는 패턴으로 작업했다. 원고를 계속 쓰며 매일 고치다 보니 나의 생각도 점점 깊이가 더해졌다. 초고를 완성할 때 즈음에는 책 쓰기의 방향도 처음과는 많이 달라져 있었다. 그리고 글이 안 써지는 날에도 책상에 앉아 몇 줄이라도 꼭 썼다. 결국 '꾸준함'이 답이다.

☞ 초고를 쓸 때 미리 스케줄링을 하면 일정에 쫓기지 않는다. 한 주에 5편이면 두 달, 3편이면 석 달, 2편이면 넉 달에 걸쳐 책 한 권 분량인 40편을 완성할 수 있다.

기획서 작성

초고를 쓴 지 두 달 후 기획서 준비를 시작했다. 회사에서 늘 기획안 작성을 했으니 '일주일이면 되겠지'라며 얕잡아 봤다. 결론부터 말하자면 프롤로그와 함께 기획서를 두 달이나 붙잡고 있었다. 덩달아 투고도 계획했던 일정보다 훨씬 늦어졌다. 나의 책 쓰기 과정은 원고보다 기획서 작성이 더 힘들었다. 좌절을 거듭하며 기획서 버전을 10개나 만들었고 결국에는 완성했다. 하나하나 공부하며 쓴 기획서는 출판사와 계약 후 원고를 쓰는 지금까지도 나침반 역할을 하고 있다. 아래는 기획서 작성을 시작할 때 메모한 글이다.

출판사 투고 제안서는 도대체 어떻게 생겨 먹었는지 조사하기 시작. 제안서나 큰 기획서 작성은 마주할 때마다 늘 긴장감이 돈다. 해 낼 수 있을까보단 어떻게 해 낼지에 초점을 맞춰 머리가 풀가동된다. 이번 큰 여정에 앞서서도 난 어떻게 잘 풀어 갈 것인가에만 집중할 것이다.

우선 책에서 저자들이 강조하는 내용과 대형 출판사에서 사전에 제시해 놓은 양식을 참고해 나만의 틀을 만들었다. 기획서에는 다음과 같은 내용들을 포함시켰다.

제목

저자 소개

기획 의도 / 대상 독자

차별 포인트 / 홍보 아이디어

목차 / 프롤로그

기획서를 쓰며 가장 중요한 부분은 기획 의도다. 내가 독자에게 무슨 말이 하고 싶은지 명확해야 한다. 내 책은 '방명록도 쓰기 어려워하는 친구에게 유명한 글쓰기 책을 선물한다고 쓰는 삶을 살 수 있을까?'라는 의문에서 출발했다. 글을 쓰면서도 자신에게 왜 이 책을 쓰는지 늘 물어야 한다. 욕심이 앞서 책 콘셉트를 바꿀까 고민하며 기존에 써 놓은 원고를 다 엎을 뻔했다. 하지만 내게 묻고 또 묻는 과정에서 당초 생각했던 '생활 속 쉬운 쓰기'로 중심을 잡았다. 기획 의도만큼은 누가 언제든지 물어도 자신만의 언어로 설명할 수 있어야 한다.

저자 소개는 내가 '쓰는 사람'으로 어떤 삶을 살았는지, 향후 작가로서의 긍정적인 면은 무엇인지, 최선을 다해 책을 집필할 수 있는 사람임을 어필했다.

책에서 공통적으로 강조한 건 마케팅 능력이었다. 유명한 저자라면 이름 자체가 곧 브랜드지만, 초보 저자인 나는 출판사와 함께 책을 팔아야 한다. 기획서에 내가 운영하는 인스타그램과 블로그, 프로젝트, 온·오프라인 북토크와 서평단 계획, 굿즈 아이디어 등을 적었다. 출판사에서는 기획서와 함께 SNS도 반드시 살펴본다.

차별 포인트는 시중에 나와 있는 관련 책을 비교해 정리했다. 단순하게 유사한 책 비교가 아닌 목차부터 제목, 부제, 카피, 저자 소개, 책날개, 프롤로그까지. 기획서에는 단 세줄 적었지만 유사 도서를 비교 분석한 건 수십 장이다.

제목은 투고하기 전날까지도 고심했다. 계약 후 출판사에서 제목을 정하지만, 투고 과정에서 제목만큼이라도 눈길을 끌고 싶었다. 최근의 핫한 책 제목은 물론 몇 년간의 광고 카피도 전부 뒤졌다. 결국에는 내 원고를 가장 잘 드러내는 것에 집중해 '쓰기의 쓸모'로 가제를 정했다. 고심했던 만큼 출판사 투고 메일 제목에도 가제를 포함시켰다.

☞ 편집자는 매우 바쁜 사람이니 기획서도 가독성 좋게 작성하자.

☞ SNS는 책을 알리는 데 큰 경쟁력이다. 책을 쓰고자 하면 반드시 자신만의 홍보 채널을 갖자.

출판사 선정

쓰기 관련 책을 읽으며 어떤 출판사를 택할 것인가에 대한 생각을 많이 했다.(물론 출판사가 내게 러브콜을 보낸다는 가정하에) 평소 책을 읽으며 눈여겨봐 왔던 출판사도 있지만, 서점에서 쓰기 관련 책을 하나하나 펼쳐 보며 투고할 출판사 리스트를 정리했다. 이런 책을 만든 출판사라면 내 책도 잘 만들 거라는 즐거운 상상을 했다. 출판사를 50개 정도 선정해 홈페이지와 SNS도 꼼꼼하게 살폈다. 출판사별로 마음에 들었던 책과 특징, 메일 주소, 연락처, 투고 방법(이메일, 홈페이지 등) 등을 표로 정리했다. 그리고 나중에 투고할 때 표에 보낸 시각, 수신확인 여부, 회신 여부도 따로 체크했다. 이는 출판사에서 연락이 오면 바로 대화를 이어 나가기 위한 나름의 준비 과정이었다. 기존에 출판된 책만 보고 가장 출판하고 싶은 순서대로 나열해 2개의 그룹으로 나누었다. 1순위는 연락만 오면 바로 계약할 출판사, 2순위는 1순위 때 연락을 못 받으면 보완해서 2차 투고할 곳이었다.

> ☞ 인터넷으로도 충분히 출판사 조사가 가능하지만 가능하면 서점에 나가 직접 책을 보고 선정하자. 나를 끌어당기는 출판사만의 디테일이 분명 존재한다.

출판사 원고 투고

기획출판을 하기로 마음먹은 순간부터 정한 원칙이 있다. 나는 내 책을 아끼고 잘 만들어 줄 출판사와 편집자를 만나 좋은 관계로 책을 만든다였다. 한 마디로 좋은 저자가 되고 싶었다. 100군데 정도 단체 메일로 개별 수신 체크만 해서 보내라고 하는 사람도 있었지만, 내 책을 만들어 줄 소중한 인연한테 성의없게 할 수 없었다. 기획서를 1순위로 정한 10여 개출판사에 메일을 보냈다. 출판사 관계자도 내가 한군데만 투고하지 않았음을 알 것이다. 그래도 출판사에 최대한 예의를 갖추어 메일을 보냈다. 수신처에 혹시 이름을 잘못 쓰진 않았는지, 메일 내용에 오타는 없는지, 첨부파일은 제대로 되었는지, 메일 전송 버튼을 누르는데 입사원서 지원할 때보다더 떨렸다. 메일 내용은 고민에 고민을 거듭해 아래와 같이보냈다.

○○○출판사 관계자님 / 에세이 《쓰기의 쓸모》 원고 투고합니다.

안녕하세요? ○○○ 관계자님,

제주에 사는 예비 저자 양지영입니다.

(간단한 책 내용 언급)

바쁘실 텐데 메일 읽어 주셔서 진심으로 감사드립니다.

제주의 바람은 많이 찹니다. 마음만은 따뜻한 하루 보내세요.

출판사들은 예상과 달리 대부분 메일을 보내자마자 바로 확인했다. 이는 메일 제목에 썼던 《쓰기의 쓸모》라는 가제의 힘이었던 것 같다. 정말 운이 좋게도 내가 원했던 1순위 그룹 출판사와 계약해서 이 책을 쓰고 있다. 출판사 투고 과정은 분명 힘이 든다. 하지만 단계별로 충실히 준비한 만큼 원고를 쓰는 것과 별도로 책 쓰기에 큰 공부가 된다.

작가가 꿈인 여러분, 힘내세요!

나도 이제 작가라고
당당하게 말하기

: 책 쓰기

나는 지금껏 백일장이나 글쓰기 대회에서 상을 타 본 적이 없다. 내가 책 쓰는 사람이 되리라고는 생각지도 못했다. 책 쓰기는 문학가나 저명인사, 성공한 사람들만의 영역인줄 알았다. 그런데 글 쓰는 방법을 몰랐던 지극히 평범한 내가 책을 썼다. 아무것도 모르고 시작한 독립출판을 무사히(?) 마친 나는 내친김에 기획출판에 도전해 보겠노라 선언했다. 왜소한 체구와 달리 깡이 있고 일단 하고 보는 편이라, 이번에도 왠지 그냥 할 수 있을 거 같았다. 이렇게 또 겁 없이 나의 두 번째 책 쓰기가 시작되었다.

얼마 전 박철범의 《하루라도 공부만 할 수 있다면》을 읽었다. 그 책에 공부가 쉬워지는 '앎의 4단계'가 있다고 했다.
첫 단계는 '모르는 즐거움'이다.
몰랐기에 즐거웠고 몰랐기에 꿈도 꿀 수 있다는 것이다.
두 번째는 '모르는 고통' 단계다.
재미있을 줄 알았는데 막상 해 보니 너무 힘들고 어렵다는 것, 피아노 연주도 오래도록 반복해서 하는 게 생각보다 고통스러움을 깨닫는 이치다. 대부분의 사람이 여기서 포기한다고 한다.
세 번째는 '알아 가는 고통' 단계다.
저자는 '성장하는 고통'이라는 말을 썼다. 아무리 열심히 해도 발전이 없다는 사실을 깨닫는 좌절감에 대한 것이다.

마지막은 '아는 행복'의 단계다.

피아노 악보를 안 보고도 능숙하게 연주하는 순간이 행복해지는 경지에 이른 상태라고 한다.

읽다가 나도 모르게 피식 웃고 말았다. '앎의 4단계'가 나의 책 쓰기와 꼭 닮아서였다. 나 역시 뭔지 모르고 도전한 책 쓰기가 처음에는 글이 술술 써져 신이 났다. 어느 단계에 이르니 이렇게밖에 표현을 못하나 싶은 심정에 좌절했다. 매일 글을 썼지만 쓸 때마다 부족함을 느꼈다. 기성 작가들의 책을 읽을 때마다 '맞아. 책은 이런 사람이 써야지. 내가 무슨 책을 쓴다고 큰소리 친 거지.'라며 소심해지기도 했다. 그러다 보니 어느 순간 더 이상 진도가 나가지 않았다. 그럴 때면 나에게 잠시 여유를 허락했다. 다시 아이들과 산과 바다에도 가고 함께 시간을 보내며 마음을 다잡았다.

'잘하고 못하고를 따지지 말자. 반드시 내가 넘어야 할 산이라고 생각하자.'

내가 쓸 수 있는 만큼만 쓰자는 심정으로 쓰고 또 썼다.

내가 책을 쓰고 싶은 이유는 분명했다. 나는 '쓰기의 쓸모'에 대해 말하고 싶었다. 내가 해 봐서 좋으니까 혼자만 알기에 너무 아까웠다. 누구나 쓰며 살 수 있고, 꿈을 꾸고 매일 쓰기만 하면 언젠가는 이루어진다는 것을 독자에게 알려 주고 싶었다. 쓰는 대로 살아지는 마법을 나는 이 책을 통해 증명한 셈이다. 책을 쓰는 이유를 한순간도 잊지 않았다. 책을 쓰느라 아이들과 함께하는 시간이 줄었고, 살림도 소홀했지만 매일이 설레고 즐거웠다. 책 쓰는 게 신이 나 남편에게 말했다.

"여보, 나 책 쓰기를 이렇게 즐겁고 여유롭게 해도 되나?"

"내가 봐도 당신은 즐기면서 하고 있네. 보기 좋다!"

"광화문 교보문고에 내 이름이 찍힌 책이 놓인다는 것. 상상만 해도 눈물 날 것 같아."

책이 출간되면 독자들과 나의 경험을 나누며 소통하는 시간을 상상하는 것 또한 즐겁다. 시간이 허락하는 대로 글쓰기를 갈망하는 사람과 부지런히 만날 것이다. 무엇보다 내가 누구인지 더 이상 방황하지 않아도 된다는 게 좋다. 책 쓰기를 통해 나는 더욱 당당해졌다.

'양지영 작가'라는 새로운 타이틀. 아직은 어색하지만 이제부터는 이게 나다. 나는 내 인생 끝날 때까지 책을 쓰며 살거니까!

쓸모 있는 글쓰기 Tip 1
'꿈 지도*' 그리기

꿈 지도의 힘은 언제 어디서나 뇌가 나의 꿈을 각인하고 있다는 점이죠. 막연하게 꿈을 꾸기만 했을 때와 구체적인 그림이 있을 때 꿈을 실현하는 속도는 완전히 달라요. 달랑 그림 한 장이지만 꿈이 이루어지는 경험 함께하실래요?

저의 경우는 꿈 지도를 그리고 만다라트(연꽃 모양으로 아이디어를 발산하는 데 도움을 주는 방법) 기법으로 세부 계획까지 세우는데요. 처음에는 꿈 지도 그리는 것만으로 충분한 효과가 있답니다.

꿈 지도 그리는 방법

1. 노트에 나의 꿈을 생각나는 대로 적는다. (중요)

2. 꿈 지도를 만들 보드를 준비한다.

3. 내 꿈과 관련된 사진이나 그림 등을 준비한다.

4. 보드 한가운데 내 꿈의 비전이나, 제목 등을 크게 적는다.

5. 준비한 사진을 붙이고 자유롭게 꾸민다.

6. 최대한 눈에 잘 띄는 곳에 배치한다.

(사진으로 찍어 휴대전화에 저장하거나 인쇄해서 다이어리 등 여러 군데에 붙인다.)

7. 수시로 들여다보며 꿈을 인식하고 점검한다.

저는 인생 꿈 지도만 보드에 만들고, 연간 꿈 지도는 이미지 파일로 작업합니다. 노트북 바탕화면, 휴대전화 잠금화면으로 설정했더니 하루에도 최소 10번은 보게 되더라고요. 그러면서 무의식적으로 내 꿈을 자꾸 생각하게 돼요.

꿈 지도를 만드는 가장 쉬운 방법은 보드에 사진을 붙이는 방법이고요. 처음부터 디지털 파일로 만들고 싶다면 캔바, 미리캔버스 등의 무료 어플을 활용하는 방법이 있어요. 일반인도 쉽게 디자인할 수 있답니다.

하나 더! 주변 사람들과도 함께 꿈을 꾸어 보세요. 남편, 친구, 지인들과도 함께해 보아요. 저는 매년 아이들과 꿈 지도 작업을 즐겁게 하고 있습니다. 생각보다 아이들의 꿈 지도 성공률은 꽤 높답니다. 놀이처럼 생각하거든요.

＊구체적으로 꿈을 그리기

쓸모 있는 글쓰기 Tip 2
'브런치 작가*' 도전하기

브런치 가입 → 글 서랍에 글 저장 (3편 이상) → 브런치 작가 신청

브런치(brunch) 작가 신청은 심사 질문에 대한 답을 작성해야 해요. 질문마다 답은 300자 이내로 핵심만 적되 구체적이어야 합니다. 저는 질문지마다 사전에 메모장에서 여러 번 수정한 뒤 업로드했어요.

〈브런치 작가 신청 질문〉
질문 01 작가 소개 : 작가님이 궁금해요.
→ 작가가 누구인지 소개하고 앞으로 브런치에서 어떤 활동을 보여줄지에 대해 작성

질문 02 브런치에서 어떤 글을 발행하고 싶으신가요?
→ 브런치에서 작품 활동 계획, 목차 등 구체적인 계획 작성

질문 03 내 서랍 ; 가장 중요한 평가 항목
→ 글 서랍에서 가장 자신 있는 글을 선택 (제시하는 글 수만큼)
※ 작성한 글 중 집중적으로 퇴고

질문 04 자신을 드러낼 수 있는 책, 외부 기고 글, 자신의 활동을 보여 줄 수 있는 매체 등

→ 자신의 저서, 외부 기고 글, 수상 경력, SNS 매체(블로그, 인스타그램 등) 작성

〈평가 항목〉

1. 나는 어떤 사람인지
2. 내가 쓰고자 하는 주제가 무엇인지(활동 계획)
3. 양질의 글을 쓸 기본 자질이 있는지

회신은 최대 일주일이라고 했지만 저는 다음 날 바로 통보가 왔어요. 브런치는 자신만의 공간에서 글쓰기 근육을 기르고 저자와 독자의 관계처럼 찐한 소통이 가능하답니다. 조금 더 전문성 있게 글을 쓰고 싶다면 브런치 작가에 도전하세요!

*작가 데뷔 통로이자 독자와 소통할 수 있는 공간

감사의 글

신인작가에게 응원과 조언을 아끼지 않으신 더디 퍼런스 조상현 대표님, 내 자식 같은 마음으로 책을 만들어 주신 김주연 편집실장님, 책을 예쁘게 디자인해 주신 Design IF, 작가의 꿈을 꾸게 해 주신 글쓰기 선생님 김재용 작가님, 함께 응원해 준 글동무들, 감사한 마음 잊지 않겠습니다.

책 쓸 때마다 전폭적인 지지를 보내 준 남편과 아들 도윤, 딸 서연에게도 감사합니다. 마지막으로 부모님께 '양지영'이라 는 이름으로 책을 전할 수 있어 기쁩니다.